dtv
premium

GORAN PETROVIĆ

Ein Sternenzelt aus Stuck

Ein Kinoroman

Aus dem Serbischen
von Mirjana und Klaus Wittmann

Deutscher Taschenbuch Verlag

Von Goran Petrović
ist im Deutschen Taschenbuch Verlag erschienen:
Die Villa am Rande der Zeit (24824 und 14112)

MIX
Papier aus verantwortungsvollen Quellen
FSC® C013736
FSC www.fsc.org

Deutsche Erstausgabe 2013
Deutscher Taschenbuch Verlag GmbH & Co. KG,
München

Die serbische Originalausgabe erschien 2010 bei Novosti, Belgrad.
Deutsche Übersetzung lizenziert durch Les Allusifs (Québec, Kanada).

Zitat aus Nikolai Gogols Roman ›Die toten Seelen‹
in der Übersetzung von Alexander Eliasberg.
Umschlagkonzept: Balk & Brumshagen
Umschlaggestaltung: Wildes Blut, Atelier für Gestaltung,
Stephanie Weischer unter Verwendung eines Fotos
von plainpicture / Reilika Landen
Gesetzt aus der Janson Text 10/14,2˙
Satz: Greiner & Reichel, Köln
Druck und Bindung: Kösel, Krugzell
Gedruckt auf säurefreiem, chlorfrei gebleichtem Papier
Printed in Germany · ISBN 978-3-423-24970-6

Kinoroman:

1) Ein Film in Fortsetzungen, populär zwischen 1912 und dem Ende des Stummfilms.

2) Erzählung nach einem Film, illustriert mit Fotos aus dem Film.

Einige Helden dieser Geschichte sind erfunden,
einige Ereignisse authentisch.
Und umgekehrt.

Spricht Jesus zu ihnen:
Bringet her von den Fischen, die ihr jetzt gefangen habt!

Simon Petrus stieg hinein und zog das Netz auf das Land
voll großer Fische, hundertdreiundfünfzig.
Und wiewohl ihrer so viel waren,
zerriss doch das Netz nicht.

Das Evangelium nach Johannes, 21, 10–11

EIN KURZFILM AUS DEM ARCHIV DER JUGOSLAWISCHEN KINOTHEK

RECHTE STIEFEL – LINKE STIEFEL

Das Hotel *Jugoslavija* in Kraljevo wurde 1932 an der Stelle gebaut, wo früher das Wirtshaus *Zum Pflug* gestanden hatte. Bauherr war Laza Jovanović, ein aus Raška stammender Schuhmacher. Dieser Laza hatte im Winter 1926 in Belgrad einen Waggon voll ausrangierter Soldatenstiefel erstanden. Für die getragenen Schuhe interessierte sich sonst niemand, und so bekam er sie zu einem günstigen Preis. Hierzulande ist es jedoch so, kaum setzt man an, etwas zu erzählen, meldet sich irgendein Besserwisser zu Wort:

»Nein, das war doch ganz anders, Laza Jovanović hatte jemanden im Kriegsministerium geschmiert, damit die linken von den rechten Stiefeln getrennt in zwei gesonderten Auktionen angeboten wurden!«

Wie auch immer, keiner wollte die rechten ohne die linken Stiefel haben. Außer Laza. Um die Übernachtungskosten zu sparen, reiste er in der Nacht, schaukelte durch die Gegend, sah halb Serbien im Dunkeln, dachte schon, es würde nie mehr hell werden, als kurz vor Belgrad doch noch der Tag anbrach. Dennoch fand Laza keine Zeit, sich in der Hauptstadt umzusehen, denn wie alle Provinzler hatte er Angst, sich zu verspäten. Und so hockte er, lange bevor die Versteigerung begann, geduckt im hinteren Teil eines prunkvollen Saales. Auf die Frage hin, wo, in welcher Straße, in welchem Gebäude das war, hätte er nur mit den Achseln gezuckt, er hätte es nicht gewusst. Und er wäre dort vielleicht für immer unbemerkt geblieben, hätte er nicht die Hand gehoben und damit sein Einverständnis mit dem Ausrufpreis kundgetan. Die Anwesenden, durchweg namhafte Kaufleute, Raubtiere in Pelzmänteln mit seidenweichen Persianerkragen, drehten sich um; sie wollten den unglückseligen Hinterwäldler in Augenschein nehmen, der entschlossen war, sein Geld zum Fenster hinauszuwerfen.

»Zum Ersten … zum Zweiten … den Zuschlag bekommt der Herr in der letzten Reihe!«, verkündete der Hauptmann der Intendantur; es folgte der Schlag des Auktionshammers, eine kleine Staubwolke stob auf.

Jemand lachte. Als aber im Monat darauf bei einer anderen Versteigerung nur linke Soldatenstiefel angeboten wurden, war allein der pfiffige Laza im Besitz der rechten Gegenstücke. Diesmal saß er betont lässig ganz vorn und signalisierte selbstbewusst sein Einverständnis mit dem Ausrufpreis. Die anwesenden Kaufleute wurden unruhig, lugten aus ihren Persianerkragen, reckten ihre rot angelaufenen Hälse.

»Zum Ersten … zum Zweiten … den Zuschlag erhält der Herr in der ersten Reihe!«, verkündete der Leiter der Versteigerung, derselbe Hauptmann der Intendantur, und wieder stieg beim Schlag seines Auktionshammers eine kleine Staubwolke auf.

Diesmal räusperte sich jemand. Die Teilnehmer der Auktion grämten sich weniger wegen des verpassten Zuschlags als wegen ihres angekratzten Stolzes. Einen Kaufmann fuchst es schon, wenn auch nur die kleinste Münze in einer fremden Tasche landet; wenn aber ein einfacher Schuhmacher oder jemand in der Art sie hereinlegt, das schmerzt sie gewaltig. Alle machten Laza schweigend den Weg frei, damit er so schnell wie möglich in seine Kleinstadt entschwand, und dachten bei sich: Soll der Teufel ihn doch huckepack nehmen … Alle schwiegen außer einem, der seinen Unmut nicht im Zaum halten konnte und herausplatzte:

»Pass nur auf, dass du vor lauter Suchen nach den passenden Gegenstücken keine Scheelaugen bekommst!«

»Meine Herren, wahren wir doch die Form … Keine Unhöflichkeiten, bitte … Wir fahren fort … Es geht jetzt um einen neuen Posten, um neun Ladungen Seide feinster Qualität aus der aufgelösten Fesselballonabteilung!«, verkündete der Auktionator.

ZWEI HAUFEN HOCH WIE BERGE

Jahrelang plagte sich Laza Jovanović, aß nur an Sonn- und Feiertagen mittags zu Hause. An den anderen Tagen begab er sich noch vor Morgengrauen in ein Magazin, das er nahe dem Bahnhof von Kraljevo gemietet hatte, und fügte Tausende und Abertausende Soldatenstiefel zusammen, die dort auf zwei Haufen hoch wie Berge lagen. Eigentlich erklomm er zunächst monatelang diese Berge, fiel herunter und kletterte auf allen vieren wieder hinauf, wühlte in den Stiefeln und sortierte sie grob vor, bis Dutzende Hügel ähnlicher Größen entstanden waren, aus denen er nun leichter Paare bilden konnte. Bis tief in die Nacht flickte er die durchgelaufenen Sohlen, nagelte Absatzeisen drauf, zog Schnürsenkel ein, polierte das Leder auf Hochglanz. Die solcherart wiederhergestellten Stiefel konnte er zu einem vielfach höheren Preis verkaufen. Sogar für jene ohne Gegenstück fand er Abnehmer. Der Weltkrieg war sozusagen erst gestern zu Ende gegangen, es gab viele Männer mit nur einem Bein. Allerdings findet sich hierzulande nach jeder Tragödie immer jemand, der so tut, als hätte er keine Ahnung, und der sich dann unschuldig zwinkernd groß wundert und fragt:

»Verzeihen Sie, bitte, Männer mit einem Bein?«

Wegen solcher Leute muss man präzisieren:

»Männer ohne ein Bein, wenn Ihnen das lieber ist.«

Laza machte folgende Rechnung auf: Es wäre eine Sünde, einen Invaliden für ein ganzes Paar bezahlen zu lassen, wo er doch nur einen Stiefel braucht, den rechten oder den linken. Soll er für den einen weniger als für das Paar, aber etwas mehr als den halben Preis bezahlen. Auf diese Weise machte Laza sich einen Namen als Wohltäter der Kriegsversehrten und erzielte nebenbei einen schönen Gewinn. Gleichzeitig versöhnte er so die göttlichen mit den menschlichen Gesetzen. Zumindest hatte er das versucht, im Unterschied zu anderen Menschen. So etwas wird auch heutzutage noch als beachtlicher Erfolg verbucht.

Es war ein einträgliches Geschäft. Vom endlosen Zusammensuchen der Stiefelpaare begann Laza Jovanović zwar tatsächlich zu schielen, verdiente aber gut. Schließlich stand er von seinem Schemel auf, zog die Schürze aus, kratzte mit der Ahle das Schwarze unter den Nägeln weg, trat vor seinen Laden und reckte sich. Jetzt konnte er tun, wovon er schon lange, sehr lange geträumt hatte. Noch am selben Tag zwirbelte er seinen Schnurrbart und kaufte das heruntergekommene Wirtshaus *Zum Pflug*. Die Bruchbude interessierte ihn nicht, aber für das große Grundstück war ihm kein Geld zu schade, er handelte nicht, er fragte nicht einmal nach dem Preis. Stattdessen blätterte er in der Gaststube einen Hunderter nach dem anderen auf das fleckige Tischtuch, ohne sie auch nur zu zählen. Der Inhaber des Wirtshauses *Zum Pflug*, bekannt als ein redlicher Mann, errötete immer tiefer und sagte schließlich:

»Es reicht, Patron Laza ... Ich versündige mich, wenn ich mehr nehme, betrachte dich jetzt als Besitzer, du hast mir schon viel zu viel gegeben!«

Laza legte galant noch einen Schein drauf. Wenn man ihn schon Patron nannte, hielt er es für angebracht, Großmut zu zeigen.

DIESE STEUERMARKEN MACHEN MICH GANZ FERTIG

Am nächsten Tag nahm der Amtsschreiber beim zuständigen Gericht, Herr Mališić, genannt die Obrigkeit, den Kaufvertrag entgegen. Klang sein Name nun nicht gerade imposant, war sein Spitzname dafür umso gewichtiger.

Er leckte einen halben Bogen Steuermarken ab und knallte seinen Stempel auf das Papier. Eigentlich hätte das nicht mehr Zeit in Anspruch nehmen dürfen als man benötigt, dies zu beschreiben. Doch in Wirklichkeit hat es sich viel langsamer abgespielt. Herr Mališić, genannt die Obrigkeit, war dafür bekannt, dass er eines schneller konnte als alles andere, nämlich müde werden. Er studierte eingehend jedes Schriftstück. Vorausgesetzt, er fand seine Brille, die er immerzu verlegte. Und vorausgesetzt, er fand nicht in der obersten Schublade seines Schreibtisches anstelle der Brille die Akte mit der Aufschrift »Eilsache! Dringend bearbeiten!« – jene Akte, die er seit Monaten überall suchte. In diesem Fall schob er alles andere beiseite und machte dem unglückseligen Antragsteller klar, er solle ein anderes Mal wiederkommen.

»Wann?! Aber Sie sehen ja, dass ich nicht weiß, wie ich das alles bewältigen soll, an welchem Ende ich anfangen soll ... Hätte ich gewusst, wie leicht die Akte zu finden war, hätte ich nicht so viel Zeit damit vergeudet, sie zu suchen!«

Ansonsten, wenn alles normal verlief, pflegte die Obrigkeit auf einen etwaigen Einwand hin den Kopf zu schütteln und, während der Antragsteller in Ehrfurcht erstarrte, bedeutungsvoll zu wiederholen: »Ts-ts-ts.« Wenn es aber keinen Einwand gab, schwieg Herr Mališić lange und überlegte, welchen Einwand er seinerseits vorbringen könnte, um seine Bedeutung herauszustreichen.

Das alles war jedoch nichts im Vergleich zum Schlussakt, dem Aufkleben der Steuermarken. Herr Mališić pflegte sich kräftig zu räuspern, die erste Marke befeuchtete er noch voller Tatendrang mit seinem Speichel, er schlug sogar kraftvoll mit der Faust darauf, aber mit jeder weiteren wurde seine Kehle immer trockener, er verzog den Mund, verzagte, schürzte seine dicken Lippen, bis dem Bittsteller endlich ein Licht aufging:

»Herr Mališić, wäre vielleicht ein Bierchen genehm?«

»Na ja«, brachte die Obrigkeit, über den Brillenrand spähend, hervor. »Das wäre gar nicht so verkehrt. Diese Steuermarken machen mich ganz fertig, ich habe mich verausgabt, bin schon ganz ausgetrocknet, meine Zunge ist voller Leim … Bringen Sie also bitte schön ein Kühles, höchstens zwei, damit die Arbeit nicht leidet … Nehmen Sie sich auch eins, sollte es Ihnen zu viel sein, trinke ich den Rest …«

Das konnte sich mehrere Male wiederholen. Das Bier sorgte bei Herrn Mališić, genannt die Obrigkeit, für die nötige Körperfeuchtigkeit, um auf den Stempel zu hauchen, und für ausreichend Kraft, um schließlich weit auszuholen und triumphierend das Dokument zu beglaubigen. Peng! Womit der Staat auf die knappste Weise das Seine sagte.

Laza Jovanović hatte aber keine Zeit mit Bierholen zu verlieren. Seine Pläne warteten auf ihre Verwirklichung, er hatte es eilig.

»Sie haben es eilig?«, fragte Herr Mališić, während er seine Brille suchte.

»Ja, ziemlich«, antwortete Laza arglos.

»Einen Augenblick bitte, ich muss nur noch meine Brille finden. Sie können die Sache schon als so gut wie erledigt betrachten …«, setzte die Obrigkeit munter an, ermattete aber zusehends von so viel Elan.

Nun wissen wir, warum es so lange gedauert hat, warum es so viel Zeit bedurfte, zu schildern, was normalerweise in knappen Worten gelautet hätte: Noch am selben Tag, nachdem der Kaufvertrag beglaubigt und registriert war, ordnete Laza Jovanović sofort nach dem Verlassen des Gerichtsgebäudes an, man solle das Wirtshaus *Zum Pflug* abreißen und an seiner Stelle an der Hauptstraße ein Hotel errichten, wie es Kraljevo noch nicht gesehen hatte.

Man wird nie dahinterkommen, ob Laza Jovanović wie so viele unserer Landsleute kein Maß kannte oder ob er einfach von Natur aus starrsinnig war.

»Er konnte nie Maß halten! Mit Starrsinn hat das nichts zu tun!«, werden manche vorlaut einwerfen, obwohl niemand sie um ihre Meinung gebeten hat.

Wie auch immer, Laza wollte keinen Ziegelstein breit von seinem ehrgeizigen Vorhaben abrücken. Noch bevor der Bau fertig war, ging ihm das Geld aus. Mehrfach nahm er bei dem Industriellen Miljko Petrović Riža ein Darlehen auf. Am Ende beliefen sich die Kosten auf etwa 1 000 000 Dinar (in Worten: ein Vermögen). So viel kostete das Gebäude, in dessen Erdgeschoss es ein Restaurant gab, dahinter einen großen Tanz- und Veranstaltungssaal sowie eine Gartenwirtschaft, während sich in der ersten Etage dreizehn Zweibettzimmer befanden. Die Fassade des Hotels zierten Stuckelemente wie an vornehmen Belgrader Häusern, wenn auch in einer simpleren, provinziellen Variante. Über dem Fries prangte der Name: HOTEL JUGOSLAVIJA. Im Gesamtpreis enthalten war auch eine Reihe anderer Posten wie ein schwarzer Fiaker zur Beförderung besonderer Gäste, eine Pelerine für den Kutscher, eine Grube zur Lagerung von Eisblöcken, Kühlvitrinen, Porzellangeschirr aus Böhmen, rostfreies Besteck aus Deutschland, mehrere Billardtische und ein Roulettetisch, prunkvolle Kronleuchter und Lampen, Stoffe von *Louvre*, dem besten Geschäft für Meterware … Alles sollte erstklassig sein, so wie es hier noch niemand gesehen hatte.

»Halt, Freundchen, bleib stehen … Was soll das denn? Reiner Pfusch! Der schwarze Fiaker wird umgehend zum Lackierer zurückgebracht!« Nichts blieb Lazas Augen verborgen, vielleicht weil er ein wenig schielte und daher stets zwei Dinge gleichzeitig im Blick hatte.

Anlässlich der feierlichen Eröffnung des Hotels im Jahre 1932 wurde bei einem Filmstudio in der Hauptstadt, dem *Novaković-Žurnal*, sogar ein fünfminütiger Film in Auftrag gegeben. Sein von Ranken umrahmter Titel ist nicht schwer zu erraten. Auf schwarzem Grund flimmerten weiße Buchstaben:

Wir beehren uns, Ihnen vorzustellen:
Hotel
JUGOSLAVIJA
Kraljevo

In einer noch erhaltenen Kopie dieses Stummfilms aus Nitrozellulose sieht man gleich am Anfang Laza Jovanović, die Fäuste in die Hüften gestemmt, vor dem Eingang seines Hotels stehen. Alle seine Träume sind in Erfüllung gegangen, man merkt ihm seinen Stolz an, er lächelt, zwinkert immer wieder … Da aber das Posieren sich hinzieht und Laza nicht gewohnt ist, müßig herumzustehen, tänzelt er schon nach kurzer Zeit von einem Bein aufs andere, weiß nicht, wohin mit den Händen, schiebt seinen Halbzylinder in den Nacken, kratzt sich am Kopf … Zu allem Übel wuselt auch noch ein Straßenköter um ihn herum, jederzeit bereit, ihn in die Wade zu beißen. Laza würde ihm gern einen Tritt geben, ist sich aber bewusst, dass es in diesem Augenblick unpassend wäre. Zum Glück folgt gleich darauf ein von Ranken umrahmter Zwischentitel:

Das erstklassige und besteingerichtete Hotel am Ort empfiehlt sich Reisenden und anderen Herrschaften.

Als habe er nur darauf gewartet, »lädt« Laza Jovanović mit einer großzügigen Geste die Kamera ein, zusammen mit ihm einen Gang durch das Hotel anzutreten. Von Zeit zu Zeit dreht er sich um, er will sich vergewissern, dass der Kameramann ihm folgt. Lazas Bewegungen sind bald hektisch, bald verlangsamt und torkelnd, weil die Zahl der Bilder pro Sekunde von der Geschwindigkeit und der Gleichmäßigkeit abhängt, mit der die Kurbel der Kamera gedreht wurde. Das Bild wirkt spröde, verkratzt, voller weißer Risse, die nach allen Seiten verlaufen. An zwei Stellen ist die Reihenfolge der Bilder nicht ganz logisch, wahrscheinlich ist ein Teil des Filmmaterials verloren gegangen. Das Ganze ist dennoch ziemlich anschaulich, und wo die Idee des Kameramanns nicht ersichtlich ist, gibt es erklärende Zwischentitel. Laza bleibt im Vorraum des Restaurants vor einem großen Wandspiegel stehen. Offensichtlich ist er mit seinem Spiegelbild vollauf zufrieden. Der Spiegel hängt so, dass in ihm auch ein prachtvoll eingerahmtes Foto an der gegenüberliegenden Wand zu sehen ist – ein Konterfei des Königs Aleksandar des Ersten Karadjordjević, eines von denen, mit welchen die Hofkanzlei das ganze Land versorgte. Aus einem bestimmten Winkel betrachtet scheinen der Herrscher Jugoslawiens und der Besitzer des Hotels *Jugoslavija* nebeneinander zu stehen. Man könnte auch meinen, Seine Königliche Hoheit in Uniform luge hinter dem Zivilisten Laza hervor … Der Auftraggeber des Kurzfilms soll auf dem folgenden eingerahmten Zwischentitel bestanden haben:

Wir verfügen
über einen riesengroßen Wiener Spiegel,
in dem Sie sich jederzeit von Kopf bis Fuß sehen können
und nicht wie bei der Konkurrenz
nur teilweise oder höchstens bis zum Gürtel,
nämlich halb.

Danach sieht man Laza, wie er im Restaurant die Tischtücher glatt streicht, mit dem Nagel des Zeigefingers gegen den Rand eines Kristallglases tippt, so tut, als ordne er aufgeblühte Fliederzweige in einer Vase, oder wie er einen Aschenbecher so ins Bild schiebt, dass die Initialen »HJ« besser zu sehen sind … Damit will er zu verstehen geben, dass er sich höchstpersönlich um alles kümmert. Im Hintergrund ein Gast. Ein einziger, der aber so viel wert ist wie neun andere zusammen! Das ist Panta, stadtbekannt als Meisteresser. Dieser Panta ist ein Taugenichts, was er auch anfasst, misslingt, aber auf eines versteht er sich, nämlich so bedächtig und so genießerisch zu speisen, dass die Restaurantbesitzer ihn bitten, auf ihre Kosten bei ihnen zu essen, damit bei seinem Anblick den anwesenden Gästen das Wasser im Munde zusammenläuft. Panta ist viel beschäftigt, er hat die größte Mühe, auch nur die wichtigsten Gaststätten der Stadt zu bedienen. Bei ihm muss man sich einen Monat im Voraus anmelden. An manchen Tagen isst er zweimal hintereinander zu Mittag, die Einladung zu einem dritten Essen nimmt er allerdings nur widerstrebend an, weil dann sein Appetit schon nachlässt und er seinen im Laufe der Jahre erworbenen Ruf nicht aufs Spiel setzen möchte. Den beleibten Panta mit feierlich umgebundener Serviette am Tisch zu sehen, wie majestätisch er alles verputzt, wie genießerisch er von diesem und von jenem kostet, wie hingebungsvoll er schlürft und nagt, wie gründlich er tunkt und wischt, wie bedächtig er jeden Bissen kaut, wie dramatisch er die Augen rollt, sinnlich schmatzt, sich galant den Wein einschenkt und fachmännisch aus der Höhe Soda ins Glas spritzt, wie er sich nach dem Essen theatralisch über den Bauch streicht … Diese ganze großartige Kunst zu sehen und dennoch gleichgültig weiterzuziehen, statt sich hinzusetzen und das Gleiche wie Panta zu bestellen, kann nur bedeuten, dass man ihn gar nicht richtig wahrgenommen hat. Deshalb wurde er für diesen Kurzfilm als Statist mit besonderer Aufgabe engagiert. Dazu der umrankte Zwischentitel:

Wir empfehlen ebenfalls
erstklassige
landesübliche und fremdländische Gerichte.
Abonnenten kommen in den Genuss ermäßigter Preise.

Danach öffnet Laza Jovanović eine zweiflügelige Tür, schiebt einen schweren Samtvorhang beiseite, »bittet« die Kamera in den großen Veranstaltungssaal, deutet auf einen Radioapparat der Marke *Telefunken* und auf ein junges Paar, das leidenschaftlich Tango tanzt. Sodann richtet er den Zeigefinger auf die Decke, wo in Gips wahrhaft kunstvoll das Weltall dargestellt ist: die strahlende Sonne, der Vollmond, die nebeneinander aufgereihten Planeten, Sternbilder und am Rande auch der eine oder andere Komet. An dieser Stelle ist der Film unscharf, wahrscheinlich war die Kamera auf eine starke Lichtquelle gerichtet, denn ein Großteil des Bildes ist weiß geblieben. Der von einer Ranke umrahmte Zwischentitel lautet:

Jeden Abend konzertiert ein Salon-Jazz-Orchester.
Jeden Abend Tanz,
an Sonn- und Feiertagen Matinee.
Wir organisieren Soireen, Lotterien,
Theatervorstellungen …
Ein Treffpunkt vornehmen Publikums!

Danach »führt« Laza die Kamera geduldig von einem Zimmer ins andere. Gelegentlich ordnet er eine Gardine, wirft einen Blick auf die Straße oder auf den Innenhof, genauer auf die Gartenwirtschaft. Mal dreht er den Schalter einer Leselampe, mal setzt er sich auf ein Bett, als wolle er die Qualität der Matratze prüfen, mal öffnet er einen Schrank und zählt die Kleiderbügel, mal sortiert er an einem kleinen Schreibtisch Postkarten mit der Adresse des Hotels, mal betrachtet er das Dekor eines Nachttopfs oder dreht an einem Waschbecken den Wasserhahn auf … Der eingerahmte Zwischentext verkündet diesmal kurz und bündig:

Modern eingerichtete Gästezimmer!

Während dieser »Schlossbesichtigung« begegnet Laza dem Personal, dem Koffer tragenden Kutscher, dem Burschen mit einem Block Eis auf der Schulter, den wie wahre Kochkünstler aussehenden Köchen, den steifen Kellnern, den stämmigen Zimmermädchen. Alle grüßen ihn mit einer leichten Verneigung. Laza Jovanović erwidert seinerseits den Gruß, indem er seinen Halbzylinder lüpft, Hände schüttelt, auf Schultern klopft und sogar einem drallen Zimmermädchen väterlich in die Wange kneift.

Der Film endet mit einem scharfen Schnitt, einem plötzlichen Übergang vom Drinnen zum Draußen – vor dem Hotel *Jugoslavija* tanzen Laza und seine Angestellten auf der Hauptstraße des Ortes im Kreis. Zu ihnen gesellen sich »zufällige« Passanten, als Erste Lazas Frau und seine Söhne. Der Reigen weitet sich immer mehr aus und sprengt den Rahmen des Bildes. Der Kameramann geht einige Schritte zurück, aber vergebens, der Reigen windet sich wieder aus dem Bild hinaus ... Das wiederholt sich einige Male, schließlich verzichtet der Kameramann auf die Totale, denn die Kamera vermag aus keiner Perspektive das ganze Ausmaß dieses Volksvergnügens einzufangen ... Dieses Bild von Fröhlichkeit stört nur der Köter von vorhin, der am Hosenbein eines der tanzenden Männer zerrt. Aber das fällt kaum auf, so etwas bemerken nur missgünstige Menschen, die in jeder Suppe ein Haar finden. Hier der letzte von Ranken eingerahmte Text:

Hotel
JUGOSLAVIJA
Kraljevo
Willkommen!

Am Ende wird das Bild ganz dunkel. Abgesehen von hie und da flimmernden weißen Punkten und Kratzern.

BIS DAHIN WAR ALLES NOCH EINIGERMASSEN ZU ERTRAGEN

Bis dahin war alles noch einigermaßen zu ertragen. Ein pfiffiger Schuhmacher hat bei einer Versteigerung des Kriegsministeriums namhaften Kaufleuten ein Schnippchen geschlagen.

»Von wegen pfiffig, er hat einfach jemanden geschmiert, damit dieser ihm zunächst nur die rechten und später auch die linken Soldatenstiefel verkauft.«

Jahrelang hat Laza sich geplagt, Tausende und Abertausende Soldatenstiefel zusammengefügt, die Sohlen repariert …

»Umsonst hat er sich das Schwarze unter den Nägeln weggekratzt, er stinkt wie eh und je nach gegerbtem Leder! Und schielen tut er auch noch!«

Er hat gearbeitet und gespart. So ist er reich geworden.

»Geld ist nicht alles! Wetten, dass dieser Prolet nie gute Manieren lernen wird!«

Er wollte das schönste Hotel am Ort errichten.

»Das *Jugoslavija*?! Als wenn das *Europa* und das *Paris* nicht gut genug gewesen wären! Er selbst hat nie einen Fuß dort hineingesetzt! Wir geben Straßenjungen Geld, damit sie ihm die Scheiben einwerfen. Und seinen großen Spiegel dazu!«

Panta hatte in der letzten Zeit nur noch bei Laza Jovanović kostenlos seine gastronomischen Talente entfaltet, alle anderen Anfragen lehnte er ab.

»Panta, Panta, wo ist bloß sein Charakter geblieben? Diesem Judas braucht man nur ein Stück Kalbsnierenbraten extra auf den Teller zu legen, schon wechselt er den Tisch und die Freunde. Panta sollte sich lieber in Acht nehmen, dass ihm dieser Bissen nicht im Halse stecken bleibt!«

Die erst vor Kurzem zugezogene Frau des Popen sagte, sie bereite Quittenbrot nicht mehr selbst zu, bei Laza schmecke es viel besser.

»Was versteht die Popenfrau schon davon? Sie ist noch zu jung. Wäre sie eine gute Köchin, würde unser neuer Pope, Vater Dane, sich dann bei jeder Taufe und jeder Beerdigung den Bauch so vollschlagen? Er hat gerade erst das Seminar hinter sich und ist schon so dick, dass sein Priesterrock aus allen Nähten zu platzen droht …«

Stammgäste sind nun auch schon die französischen Ingenieure, die beim hiesigen Tochterunternehmen der Flugzeugfirma *Louis Breguet* tätig sind.

»Das wundert mich nun aber wirklich! Die Franzosen gelten doch als feine Herren. Sie müssten eigentlich wissen, was ein gutes Restaurant ist.«

Handelsreisende aus dem ganzen Land steigen jetzt nur noch im *Jugoslavija* ab. Zunächst Miša, genannt »Šmol«, Vertreter der gleichnamigen Fabrik für Schuhcreme aus Zagreb, dann Josip Gec, Verkäufer kosmetischer Produkte von *Nivea*, auch ein gewisser Trajko, Handelsvertreter der italienischen Hutfirma *Borsalino*, und viele andere mehr.

»Er ist mit den Preisen runtergegangen! Damit hat er sie geködert!«

Der Kapellmeister Wirth und die bezaubernde Sängerin Tilda, zwei Künstlerseelen aus der großen weiten Welt, die es nach Kraljevo verschlagen hat, behaupten, Lazas großer Saal habe die beste Akustik in der ganzen Stadt.

»Das mag schon sein … Aber wissen Sie denn nicht, dass Wirth impotent ist … Und diese Tilda, die ist ein richtiges Flittchen!«

Musiker aus Budapest und Temeschwar fragen an, ob sie im *Jugoslavija* auftreten können.

»Was für Musiker? Das sind doch Zigeuner wie unsere Musikanten auch! Nur dass ihre Instrumente neu sind, und bis jetzt noch niemand sie gezwungen hat, auf Bäume zu klettern und dort zu spielen!«

Als aber über das Hotel *Jugoslavija* und seinen Besitzer ein Kurzfilm gedreht wurde, war das Maß voll. Ein Film? Ein kurzer zwar, aber doch ein Film! Und darin Laza Jovanović – in seiner ganzen Pracht!

Bis dahin war alles noch einigermaßen zu ertragen. Aber nun verstummte die Stadt. Und eine Stadt ist bekanntlich dann am gefährlichsten, wenn sie schweigt.

DIE GOLDENEN TAGE DES HERRN MALIŠIĆ, GENANNT DIE OBRIGKEIT

Doch das Ungemach kam für Laza Jovanović von einer völlig unerwarteten Seite. Nicht von außen, sondern von innen. Nicht allein die hohen Zinsen für das von dem Industriellen Miljko Petrović Riža geliehene Geld waren daran schuld. Nicht die Tatsache, dass Laza wenig vom Metier eines Hoteliers verstand und daher alles dem Personal überließ, spielte eine entscheidende Rolle. Das Schlimmste war auch nicht, dass die Angestellten ihren Chef bestahlen, die Köche Lebensmittel mit nach Hause nahmen, der Zahlkellner bei der Verbuchung der Einnahmen schwindelte, die Zimmermädchen wohlhabenden Gästen heimlich gewisse junge Damen zuführten. Schuld an

Lazas Scheitern war jemand, von dem man es am wenigsten erwartet hätte – er selbst.

Laza hatte eine großartige Idee gehabt, aber als sie endlich umgesetzt war und Gestalt angenommen hatte, begann ihm alles lästig zu werden, ja wurde ihm zu einer wahren Qual. Er war gewohnt zu arbeiten, daher konnte er immer weniger all diese Leute ertragen, die zu ihm kamen, um nichts zu tun. Die Gäste, von denen er doch lebte, reizten ihn derart, dass er immer öfter die Beherrschung verlor. Sah er Herrn Mališić im Restaurant seinen zweiten Morgenkaffee trinken, fragte er:

»Verzeihung, Herr Obrigkeit, offensichtlich quillt Ihnen der staatliche Leim schon dermaßen aus den Poren, dass Sie an diesem Stuhl festkleben? Soll ich meinen Burschen im Farbengeschäft Verdünner holen lassen? Mann, denken Sie daran, vor Ihrer Amtsstube warten doch Leute auf Sie!«

Später am Tag gab Laza den Unsichtbaren – das war ein Spitzel, der sich immer hinter einer aufgeschlagenen Zeitung versteckte –, dem allgemeinen Gelächter im *Jugoslavija* preis:

»Ach, Sie sind das, Herr Unsichtbar! Oooh, so getarnt hätte ich Sie nie erkannt, hielten Sie nicht die ›Politika‹ vom vergangenen Jahr in den Händen. Sie allein lesen die Zeitung vom Vorjahr, ohne es zu merken.«

Bestellten Gäste die dritte Runde, pflegte Laza ihnen die Leviten zu lesen:

»Leute, lungert hier nicht herum … An deinem Haus, Vučinić, ist die Regenrinne kaputt. Du solltest sie lieber reparieren, statt in Kaffeehäusern zu protzen und den großen Herrn zu spielen …«

Wenn eine Gesellschaft abends einen über den Durst trank, war Laza gleich mit seiner Tirade zur Stelle:

»Vormittags faulenzt ihr herum, sitzt jeder an einem anderen Tisch und redet schlecht über die anderen, und jetzt drängt ihr euch um die Flasche, umarmt euch und schmust miteinander wie die Katzen im Februar ...«

Noch strenger wurde er, wenn jemand dabei war, beim Roulette Geld zu verlieren:

»Ich schließe den Tisch! Was heißt hier, warum? Soll ich vielleicht ruhig zusehen, wie du dein väterliches Erbe verschleuderst, du Taugenichts?«

Aus dem Hotelbesitzer Laza Jovanović wurde allmählich wieder der alte Laza: das Arbeitstier, der Sparkommissar, der einfache Schuster. Seine Gäste widerten ihn an, ihre Angebereien, ihr endloses Dreschen von leerem Stroh, ihre unmäßige Lust am Essen und an allerlei Getränken brachten ihn auf die Palme. Das Ende kam, als er eines Nachts bemerkte, dass eine gewisse junge Dame mithilfe eines Zimmermädchens sich in das Zimmer eines hoch angesehenen Gastes, eines erfolgreichen Politikers, geschlichen hatte. Aufgebracht stürzte Laza ins Zimmer und löste damit einen beispiellosen Skandal aus. Die Dame hüllte er in seinen Mantel und ließ sie mit dem Hotelfiaker nach Hause bringen, den angesehenen Gast jedoch warf er in der Unterwäsche auf die Straße. Ganz außer sich schrie er ihn an:

»Bist du hierhergekommen, um zu huren? Sind dir die Bordelle nicht genug? Ist dir das Parlament nicht genug? Jetzt möchtest du es auch noch mit gemeinem Volk treiben, du Schuft!«

Am nächsten Tag bot Laza Jovanović das Hotel zum Verkauf an. Er bezahlte seine Schulden. Ihm blieb gerade so viel, um für sich und für seine Söhne bescheidene Räumlichkeiten zu kaufen, in denen sie ein Handwerk ausüben oder einen Kleinhandel betreiben konnten. Große Pläne hatte er nicht mehr. Nachts träumte er von Füßen. Von Tausenden wunden Fußsohlen im Staub, nur hie und da eine Krücke oder ein Holzbein. Aber jedes Mal, wenn er den Kopf hob, um zu sehen, wem all diese nackten Füße gehörten und wohin sie gingen – wachte er ganz in Schweiß gebadet auf. Im Traum gehörte er selbst zu dieser Kolonne, sah aber nirgends seine eigenen Füße, sondern nur irgendwelche nicht menschlichen, hufähnlichen Extremitäten, als trüge ihn der Teufel huckepack.

Das *Jugoslavija* wurde unter mehreren Pächtern aufgeteilt. Einer betrieb das Restaurant weiter. Für den Meisteresser fand er keinen Ersatz, denn kein örtlicher Vielfraß konnte Panta das Wasser reichen. Was für andere das Hauptgericht, war für ihn gerade einmal ein Gaumenkitzel.

Der Zweite vermietete die Hotelzimmer. Offiziell hieß es: »Bitte kein Besuch von Damen zweifelhafter Moral.« Inoffiziell: »Hätten Sie lieber eine Blondine oder eine Brünette?«

Der Dritte übernahm den großen Tanz- und Veranstaltungssaal. In den Rechnungsbüchern steht irgendwo vermerkt, dass der Filmvorführer Rudi Prohaska diesen Saal mit der dazugehörigen Gartenwirtschaft unter dem Namen *Uranija* mietete. Dort zeigte er die größten Kinohits jener Jahre, vorwiegend Lust- und Liebesfilme.

Der Verkauf, die Hypothek, die Streichung der Hypothek, der Austrag aus dem Katasterbuch, der Kauf, die Bürgschaft, der Pachtvertrag – Herr Mališić, genannt die Obrigkeit, verzog nur noch den Mund. Noch nie hatte er so viele Schriftstücke in so kurzer Zeit beglaubigen müssen. Alle hatten es eilig. Und alle, durch Erfahrung klug geworden, fragten beflissen:

»Herr Obrigkeit, wäre vielleicht ein Bierchen genehm?«

SELBST IM PARADIES WÜRDEN DIE LEUTE IHRE KAUGUMMIS ÜBERALL HINKLEBEN

ANFANG MAI

Anfang Mai 1980 ging ich ins Kino *Sutjeska*. An den Titel des Films kann ich mich nicht mehr erinnern. Auch habe ich, wahrscheinlich nicht ohne Grund, vergessen, ob es ein Spielfilm oder ein Dokumentarfilm war.

Auf jeden Fall, und das habe ich nicht vergessen, befand sich der Zuschauerraum schon damals in einem jämmerlichen Zustand. Nach dem Krieg und der Verstaatlichung des Hotels *Jugoslavija*, zu dem das Kino ursprünglich unter dem Namen *Uranija* gehört hatte, wurde er zwar mehrmals umgestaltet, aber nie gründlich instand gesetzt. So fristete er sein Dasein bis zum Jahre 1991, als er – angeblich nur vorübergehend – geschlossen wurde, hat aber bis zum heutigen Tage nicht mehr seinem ursprünglichen Zweck gedient.

In Kraljevo gab es jetzt nur noch das Kino *Ibar*, das zu dem neueren Hotel *Turist* gehörte. Aber dies hier ist nicht die Geschichte jenes anderen Kinos, obwohl es auch von ihm so manches zu berichten gäbe.

Neben allen anderen Ungewissheiten bin ich mir nicht einmal sicher, welcher Tageszeit ich diese Filmvorführung zuordnen soll: Gehörte sie zur späten Sonntagsmatinee, üblich an Wochenenden, wenn die Soldaten den ganzen Tag Ausgang hatten? Die diensthabenden Offiziere der nahe gelegenen Automobileinheit und die in der etwas entfernteren Panzerkaserne ließen alle Soldaten antreten und unterzogen sie einer kurzen Musterung, wobei sie ihr besonderes Augenmerk darauf richteten, dass jeder Soldat Nadel und Faden bei sich hatte, um gegebenenfalls einen abgefallenen Knopf anzunähen, denn das Ansehen der Jugoslawischen Volksarmee hing auch von solchen Kleinigkeiten ab. Danach verloren sie ein paar Worte über die komplizierte außenpolitische Situation und noch ein paar Worte über die nicht minder heikle Lage, in der sich unser Land befand – dann erst öffneten sich die Tore. Die Glücklichen, die Besuch von ihrer Ehefrau oder der Freundin bekamen, nahmen ein Zimmer im Hotel *Turist*. Sie gingen blass hinein und kamen mit rotem Kopf heraus. Die Bänke im Stadtpark waren bevölkert von uniformierten Neulingen, um die ihre aus allen Teilen des Landes angereisten Verwandten herumstanden. Jeder zweite Rekrut hatte einen Schuhkarton mit einem selbst gebackenen Kuchen auf den Knien und beantwortete mit vollem Mund die Fragen seiner ihn bewundernden Angehörigen. Die Soldaten, die keinen Besuch bekommen hatten, warteten gedankenverloren in einer langen Schlange vor dem Hauptpostgebäude. In den engen Telefonzellen war es stickig vom Schweiß und von anderen Körperausdünstungen, in ihnen hing noch die Wärme des Vorgängers, sogar der Hörer aus Bakelit war noch feucht von der Hand des letzten Anrufers. Aus den Nachbarkabinen hörte man rufen (»Hallo! Hallo!«), lachen (»Was du nicht sagst …«), beinahe weinen (»Grüße sie von mir, bitte …«), dennoch harrte jeder darin aus, so lange es nur ging. Anschließend errechnete eine übel gelaunte Telefonistin auf Heller und Pfennig den Preis des Gesprächs, und die Soldaten setzten wieder in Gedanken versunken ihr Irren durch die Stadt fort. Am Ende landeten sie im Kino. Sie sahen sich alles an, was gerade im *Sutjeska* oder im *Ibar* gezeigt wurde.

Gehörte diese Vorstellung also zur späten Matinee oder war sie vielleicht der Anfang des Nachmittagsprogramms? Letzteres war für jene Mitbürger gedacht, die nach einem üppigen Sonntagsbraten nicht gerne zu Hause dösten und es noch weniger schätzten, bei einer Weinschorle von allen Seiten mit den Rundfunkübertragungen heimischer Fußballspiele beschallt zu werden, die mit der bekannten, gewollt fröhlichen, gereimten Ankündigung begannen: »Unser Programm ist wie eine bunte Torte: ein bisschen Unterhaltung und Sport von jeder Sorte!« Oder war das einfach eine Vorstellung für jene, die noch keine Familie hatten, für Geschiedene oder Verwitwete, die die Einsamkeit, zumal an einem Sonntagnachmittag im Mai, nur schwer ertragen können? Die Ersten hatte niemand eingeladen, und mit jeder Stunde wurde klarer, dass niemand sie mehr einladen würde – sollten sie sich etwa aufdrängen? Die Zweiten mochten sich nach allem, was sie gesagt hatten und was man zu ihnen gesagt hatte, ungern bei der einst geliebten Person melden – sollten sie sich etwa erniedrigen? Und die Dritten? Sie waren schon am Vormittag auf dem Friedhof gewesen, hatten Lilien aufs Grab gelegt, Kerzen angezündet, Unkraut gerupft, den erst gestern gesäuberten Grabstein noch einmal abgewischt, aus dem Bedürfnis nach Kontakt in einer nahe gelegenen Kapelle den Angehörigen eines ihnen völlig unbekannten Verstorbenen ihr Beileid ausgesprochen. Aus demselben Bedürfnis suchen alle, die zur Einsamkeit verurteilt sind, verzweifelt solche Orte auf, wo sie jemandem, irgendjemandem begegnen können, sei es eine Bushaltestelle, der Bahnhofswartesaal, ein Platz, auf dem gerade die Ausstellung des regionalen Handwerks oder der Flugzeugbauer zu Ende gegangen ist, der Straßenrand, an dem gleich die Teilnehmer eines Radrennens vorbeisausen werden, ein Kino ... Sonst würden sie sich vielleicht gerade heute zu dem entschließen, worüber sie schon lange nachdenken: zum Selbstmord.

EIN VORHANG AUS SCHWEREM NACHTBLAUEM SAMT

Ich kann mich noch gut erinnern, dass es an dem besagten Tag Anfang Mai im *Sutjeska* wieder nur wenige Zuschauer gab, etwa zwei Dutzend. Bevor er das Hauptlicht ausschaltete und dem Filmvorführer mit einer Glocke das Zeichen gab anzufangen, pflegte der alte Platzanweiser Simonović noch einen enttäuschten Blick auf die leeren Reihen zu werfen und nur für sich, denn er war es gewöhnt, dass ihm keiner zuhörte, einen Abschnitt aus dem Handbuch »Maßnahmen und Verhaltensweisen im Falle außerordentlicher Umstände« zu zitieren:

»Der Besucher verlässt nach Anweisung der Verantwortlichen ruhig und ohne Panik den Raum, den Lichtzeichen folgend ...«

Etwas Ähnliches sagte Simonović auch diesmal, lediglich um sein Gewissen zu beruhigen, denn er hatte schon längst die Hoffnung aufgegeben, dass hier überhaupt etwas von Bedeutung passieren könnte. Er sagte es mit todernster Stimme, um wenigstens zu zeigen, was er im Zivilschutzkurs gelernt hatte, wenn sich ihm schon nicht die Chance bot, wie in einem Film persönlich die Menschheit aus höchster Bedrängnis zu retten.

Hier aber passierte nichts, das Programm wurde immer schlechter, die Zuschauer wurden immer weniger – das war so offensichtlich, dass Simonović es gar nicht auszusprechen brauchte. Seit Jahren war er deprimiert. Wo war bloß jenes goldene Zeitalter geblieben, als man zu ihm voller Ehrfurcht aufschaute, fast wie zum heiligen Petrus, dem Hüter der Himmelspforte (in diesem Falle der zweiflügeligen Saaltür)?

Wo waren die Zeiten geblieben, als er zu entscheiden hatte, wer diesen Raum feierlich betreten oder wer sich ihm nicht einmal im Traum nähern durfte? Jetzt aber ahnte er, dass ihm die Würde abhandenkam. Vielleicht sollte er doch die Rente beantragen? Er merkte, dass er die Eintrittskarten mit jedem Tag lustloser abriss. Und seitdem die Platzkarten abgeschafft wurden, beachtete man ihn nicht einmal mehr als Platzanweiser, jeder setzte sich, wohin er wollte. Bildet sich dieser hochnäsige Pöbel denn ein, für ein bisschen Kleingeld könne er sich alles erlauben?

Kein Zweifel, die Menschen würden, wenn man sie nur ließe, wenn man nicht ständig ein Auge auf sie hätte, sogar im Paradies in alles, was aus Holz ist, mit dem Taschenmesser ihre Initialen ritzen, Namen, für sie bedeutungsvolle Daten, intime Botschaften, Schweinereien jeder Art …

Als Erster war hier Đ.Đ.

1968, M.

~~Z.B. und K.T.~~ ♥

~~Z.B. und D.S.~~

VON WEGEN!

F.J.

THEOFIL

Z.B. und G.N.

TULUMBA

14.VII.1975

Sladjana

ŠOLE!!!

D. Ožegović

27.02.1969

Mirjana, ich liebe dich sehr!

Danilo, ich dich auch!

Hier hab ich mit Mirjana heftig geknutscht.

Ja, Danilo, in deiner Phantasie!

(Außerdem bist du ein pickeliger Idiot!)

5. Sept. 1978

Die Freiwillige Feuerwehr:
Großpisser (Vorsitzender)
Mittelpisser (Mitglied)
Kleinpisser (Mitglied)
Pisserchen (Anwärter)

SCHEISSAUFDIEGEBILDETEN!

Kein Zweifel, diese Leute würden, gäbe es im Paradies auch nur eine einzige Wand, Graffiti draufkritzeln, Plakate ankleben, Ankündigungen aushängen, Parolen und Firmennamen anbringen, und zwar so hoch, wie sie nur reichen könnten …

Lauft nicht übers Gras, raucht es! שּׁ

HÜT T DIE BR DERLICHKEIT UND EINIGK IT
WIE EUR N AUGAPFEL!

Verantwortlich für den Fassadenanstrich: die Firma KOMGRAP.

Und die Tür? Warum habt ihr sie nicht wenigstens draufgemalt?

Baumwollunterwäsche – Totalausverkauf.*
*Solange der Vorrat reicht.

»Partisan« bis ins Grab.

»ROTER STERN« ÜBER DEM GRAB!

Internationaler Zirkus KORONA!

Großes ♪ Konzert ♪ der ♪ Volksmusik:
»Kommt ♪ lasst ♪ uns ♪ zusammen ♪ alt ♪ werden«.

ELVIS LEBT

Ich auch, na und?

Herrenhemden – Preisnachlass zum Internationalen Frauentag.

Gemeindeausschuss des Bundes der Kommunisten

Zimmer zu vermieten.
Badezimmernutzung.
Nichtraucher.
Kein Damenbesuch.

Prost Neujahr 19--!

Betreibe Änderungsschneiderei
und verkaufe Brautkleid, so gut wie neu.

KAMMERJÄGER!
Rufen Sie uns an, bevor es zu spät ist!

Genosse Tito, wir schwören auf dich!

ES LEBE der 1. Mai, der internationale TAG DER ARBEIT!

BUFFET »Zum jungen Arbeiter«

Ferienbund Jugoslawiens

Städtisches Unternehmen »Reinigung« – 25 Jahre ~~für~~ gegen Sie!

Kein Zweifel, selbst im Paradies würden die Leute ihre Kaugummis überall hinkleben, mit Popcorn um sich werfen oder die Schalen der Kürbis- und Sonnenblumenkerne in die

Gegend spucken, die Milkinac Bubble Gum und Dalipi Vebi verkaufen.

Milkinac ist gerade aus Amerika zurückgekehrt. Dorthin reiste er wie eine Maus, beinahe wäre er im stickigen Unterdeck eines Handelsschiffs der Gesellschaft *Jugooceanija* aus Kotor verendet. Zurück kam er einige Jahre später in großem Stil, per Flugzeug. Er betont gern: »Über Paris, auf Kosten der Regierung der Vereinigten Staaten von Amerika!«, erwähnt aber mit keinem Wort die amerikanische Bundesbehörde für die Rückführung illegaler Einwanderer.

Angelockt von »den großen Marktchancen« war Dalipi Vebi aus der Umgebung von Strumica in Mazedonien hierher gezogen. Sein Ziel war eigentlich die Kurpromenade von Vrnjačka Banja. Dort knabbern alle wie verrückt Kerne. Die Kranken vor Kummer, weil sie nicht gesund sind, die Gesunden, weil sie am Abend zuvor beim Kartenspiel viel Geld verloren haben.

Draußen vor dem Kino rufen die beiden laut:

»Bubble Gum! Bubble Gum!«

»Ein Zeitvertreib für die Zähne aus heimischem Anbau, kein ausländischer Mist!«

Sie gehen vor dem Kino auf und ab:

»Bubble Gum, NASA-Technologie!«

»Quatsch! Kerne von ganz gewöhnlichen Kürbissen!«

Sie locken die Kunden:

»Bubble Gum, ein nie endendes Vergnügen!«

»Sonnenblumenkerne! Wenn etwas nie endet, brauchst du es dir nicht noch einmal zu wünschen!«

Sie versuchen einander zu übertrumpfen:

»Bubble Gum! Garantiert Ihnen Gesundheit und Frische!«

»Erdnüsse ohnegleichen – geben Kraft deinem Steifen!«

Manchmal gehen sie einander fast an die Gurgel:

»Bubble Gum, die größten Blasen auf dem amerikanischen Kontinent!«

»Wen interessiert schon, was in Amerika groß ist! Amerika ist weit weg … hier, Kichererbsen aus Kraljevo in Riesentüten!«

Kein Zweifel, im Paradies wäre es auch nicht anders, dachte der alte Simonović. Er brauchte nichts zu sagen. Das stand in seinem Gesicht geschrieben, während er am Eingang des *Sutjeska* mit lustlosen Bewegungen den Vorhang aus schwerem nachtblauem Samt zuzog. Der Vorhang war schwerer als früher, weil man, seitdem er bei *Louvre*, dem besten Geschäft für Meterware, gekauft worden war, nie richtig den Staub aus ihm geklopft hatte.

EIN ZU WEIT OBEN GELEGENES FENSTER

Nein, jetzt kann ich beim besten Willen nicht weitererzählen. Der Wechsel kommt zu plötzlich, die Augen müssen sich zunächst an das Halbdunkel gewöhnen. Erst dann lassen sich die menschlichen Schicksale eins nach dem anderen, Reihe für Reihe klar überblicken.

Bis dahin aber noch ein paar Worte zum alten Simonović. Der gerade weg ist. Der aus dem Kinotrakt des Gebäudes in den ehemaligen Innenhof des Hotels *Jugoslavija*, dem späteren Freilichtkino des *Sutjeska*, gegangen ist. Seine Wohnung befindet sich nahe seiner Arbeitsstelle: etwa dreißig Schritte durch einen kurzen Durchgang und durch eine immer nur angelehnte schmiedeeiserne Tür, dann noch zehn Schritte scharf nach rechts – da ist sein Heim, angeschmiegt an die Rückwand des Kinosaals. Offiziell: eine Rumpelkammer für Bürsten, Besen und Putzmittel. Inoffiziell: die vorübergehende Lösung von Simonovićs Wohnungsproblem. Ein Raum, dessen Fläche das Ergebnis der Rechenoperation Multiplizieren von knapp zwei Meter Breite mal fast vier Meter Länge ist. Die Ausdrücke »Ergebnis« und »Rechenoperation« sind in diesem Falle allerdings zu hoch gegriffen.

Nie hat Simonović den 1. September 1939 vergessen, den Tag, an dem er die Stelle des Platzanweisers bekam. Den Schlüssel zu der Rumpelkammer hatte ihm der Pächter des großen Tanz- und Veranstaltungssaals, der Mitbegründer und Juniorpartner der Firma *Uranija*, gleichzeitig auch Leiter und Programmdirektor sowie technischer Direktor und Berater der Obengenannten und obendrein auch noch Filmvorführer, der feine Herr Rudi Prohaska, persönlich ausgehändigt. Er sagte:

»Ist das hier in Ordnung für dich, mein Junge? Ich weiß, es ist eng, aber du brauchst keine Miete zu zahlen und kannst ruhig da bleiben, bis du etwas Besseres gefunden hast.«

Simonović hatte jedoch nie etwas Besseres gefunden. Der Zweite Weltkrieg brach aus, die Regierung setzte sich ins Ausland ab, es kam zu Erschießungen durch die Deutschen als Vergeltung und zu sinnlosen Bombardements durch die Engländer und die Amerikaner, dann folgte die Befreiung und es gab wieder Erschießungen, nun durch die eigenen Leute als Vergeltung, das *Uranija* wurde zum Volkseigentum erklärt, genauer zum volkseigenen Betrieb zur Vorführung von Filmen mit dem Namen *Sutjeska*, aber Simonović hauste weiter in seiner Rumpelkammer/Wohnung.

Er beklagte sich nie. Er hatte eine Tür. Er hatte auch ein Fenster, das zwar klein und zu weit oben gelegen war, weswegen er hochspringen musste, wenn er einen Blick nach draußen werfen wollte. Er hatte Platz genug, um eine Hängematte aufzuspannen. Als Heizung diente ihm ein Kohleofen Marke *Königin der Öfen*, mit dem dazugehörigen Ofenrohr. Mit der Zeit hatten sich bei ihm viel zu viele Dinge angesammelt: eine Axt, ein Messer, ein Hocker, der als Hocker, sowie ein zweiter Hocker, der als Tisch diente, eine Kochplatte, ein kleiner Topf, ein Löffel und eine Gabel, ein tiefer und zu allem Überfluss auch noch ein flacher Teller. Strümpfe, Unterwäsche, Hemden hatte er zur Genüge, er konnte sich den Luxus leisten, fünf Tage keine Wäsche zu waschen … Andere Kleidung brauchte er nun auch wirklich nicht, denn er hatte ja seine Uniform.

JETZT BIST DU, SAGEN WIR MAL, FREI

Rudi Prohaska bestellte schon im Herbst 1939 auf Rechnung der Firma *Uranija* beim glupschäugigen Krasić, dem besten Schneider am Ort, eine Hose und eine Jacke für den jungen Simonović. Krasić machte noch größere Augen, als Prohaska ihm in der französischen Illustrierten ›Tout-Cinéma‹ das Bild eines elegant gekleideten Platzanweisers zeigte. Er sagte:

»Kein Problem, Herr Rudi. Es wird genau so werden, ich muss nur erst hinter den Schnitt kommen!«

Krasić rollte noch eine Weile seine hervorstehenden Augen, es sah aus, als würden seine Augäpfel nie mehr zur Ruhe kommen, aber als er schließlich fachmännisch erfasst hatte, was der

Schnitt erforderte, warf er keinen Blick mehr in die Illustrierte. Der Anzug wurde genau so wie auf dem Bild. Einschließlich der an den Ärmeln und an den Außenseiten der Hosenbeine aufgenähten roten Litzen. Der Clou: Auf der Jacke glänzten zwei Reihen Messingknöpfe! Und der Clou der Clous: eine mit einer Goldtresse verzierte Mütze!

Schneider Krasić wurde im Oktober 1941 von den Deutschen erschossen. In nur wenigen Tagen wurden nahe dem Bahnhof in Kraljevo fast zweitausend Menschen umgebracht. Sogar auf der Hinrichtungsstätte, unmittelbar bevor der Feuerbefehl gegeben wurde, studierte Krasić die Uniformen der angetretenen Soldaten. Und seine ohnehin großen Augen wurden noch größer: Welch ein perfekter Schnitt, was für sorgfältig gearbeitete Nähte! Er bedauerte fast, dass er nicht näher treten durfte, um dahinterzukommen, wie der Saum ausgeführt war.

Kurz nachdem das Kino verstaatlicht worden war, legte man Simonović nahe, seine Uniform abzulegen, denn sie sei irgendwie mondän, mannequinartig, bürgerlich aufgemotzt. Das teilte ihm ein gewisser Zwinkerer mit, ein Kadermensch, weder Zivilist noch Soldat. Der Kettenraucher war zu diesem Beinamen gekommen, weil er wegen des Zigarettenqualms seine Augen immer halb geschlossen hielt. Aber gnade Gott demjenigen, dem er sein Zigarettenetui und das Feuerzeug anbot, denn das hieß: Es ist aus, mein Lieber, rauche noch eine letzte Zigarette, dann ab zur Erschießung.

Erst rauchte der Zwinkerer schweigend zwei Zigaretten zu Ende. Er ließ die Glut immer bis an die Lippen kommen, womit er beim »Gesprächspartner« den Eindruck erweckte, ein Mann zu sein, der nicht aufgibt, ehe er sein Vorhaben ausgeführt hat. Den Platzanweiser, der die ganze Zeit in Habtachtstellung vor seinem Tisch stand, schaute er kaum an. Simonović seinerseits schaute sich in dem Büro um, soweit man bei dem vielen Qualm überhaupt etwas sehen konnte. Und viel war nicht zu sehen: ein Aschenbecher mit den Initialen »HJ«, bis zum Rand voll mit Zigarettenkippen und Asche, das berühmt-berüchtigte Zigarettenetui und das Benzinfeuerzeug … eine einsatzbereite Schreibmaschine und ein entsicherter Revolver, Bilder von Tito und Stalin, der eine geheimnisvoll, der andere väterlich lächelnd … Dann erreichten ihn aus der Rauchwolke die Worte:

»Du musst wissen, das ist jetzt, sagen wir mal, ein ernsthafter Staat.«

Danach rauchte der Zwinkerer leidenschaftlich noch zwei Zigaretten, und aus der Rauchwolke erklang wieder:

»Und das bedeutet, dass er jetzt keine monarchistische Parade, Operette oder etwas in der Art ist.«

Noch zwei Zigaretten waren nötig, damit der Zwinkerer zum Schluss kam:

»Sag denen im Magazin, ich hätte verfügt, dass man dir einen Arbeitskittel gibt, einen, nicht mehr! Ebenfalls hätte ich verfügt, dass du einen Empfangsschein unterschreibst. Jetzt bist du, sagen wir mal, frei. Doch setz dich zuerst eine Weile auf die Bank im Korridor, denn ich möchte nicht, dass du auf der Straße zusammenbrichst.«

Dann rief er:

»Kosta, führe den Nächsten rein! Und leere den Aschenbecher aus!«

Ein junger Mann in Uniform betrat das Büro, hinter ihm der ehemalige Hausbesitzer Jagodić, blass und mit Schweißperlen im Gesicht. Der Zwinkerer befahl Kosta, einen größeren

Aschenbecher zu bringen, weil Jagodić ein gewichtigerer Fall war als der vorangegangene. Dann hob er langsam an:

»Vielleicht möchte Herr Jagodić sich auch eine anzünden ... oder, sagen wir mal, bedienen Sie sich selbst ... stecken Sie sich doch eine hinters Ohr ... dann sehen wir weiter ... Ich würde sie an Ihrer Stelle nicht ausschlagen ... es tut nichts zur Sache, dass Sie Nichtraucher sind ... das ist auch gar kein Tabak ... das ist, sagen wir mal, eine fünfminütige Lebensverlängerung ...«

Der Kadermensch Zwinkerer griff 1948, als er von Titos historischem NEIN gegenüber Stalin erfuhr, mechanisch nach einer Zigarette, zog daran, hustete kurz und starb. Womit er vermied, festgenommen und in das Lager auf Goli Otok gesteckt zu werden.

DIE LEITER

Simonović beschwerte sich schon als junger Mensch nie, aber auch später nicht, als er alt wurde. Früher besuchte er öffentliche Badeanstalten, aber Anfang der sechziger Jahre nahm er eine der Toiletten, die für die Gäste des Freilichtkinos des *Sutjeska* gedacht waren, in Beschlag und ließ dort eine Dusche einbauen. Was will man denn mehr?

Etwa zu der Zeit, als er anfing, die Last der Jahre zu spüren, schaffte er sich eine Leiter an, um nicht mehr hochspringen zu müssen, wenn er durch das kleine Fenster einen Blick auf die Außenwelt werfen wollte. Eine Leiter, oh Gott – was für eine großartige Erfindung! Heutzutage sausen wir durch das Weltall, an die Leiter aber verschwenden wir keinen Gedanken. Man macht einen Schritt, tritt auf die zweite Sprosse und schon sieht man mehr. Steigt man auf die dritte Sprosse, kann man den herbstlichen oder winterlichen Tag nach Herzenslust genießen.

Doch sobald sich der Frühling ankündigt – nichts wie raus! Die Rumpelkammer/Wohnung war der einzige bewohnte Raum, von dem aus man auf das Freilichtkino blicken konnte, und wenn es keine Vorstellungen gab, genoss Simonović ganz allein den größten Hof im Zentrum der Stadt. Nicht weniger als dreihundert Klappstühle standen ihm zur Verfügung. Er konnte mehr Gäste empfangen als der Bürgermeister. Und dank seiner langjährigen Tätigkeit als Platzanweiser kannte er auch mehr Leute als sämtliche Bürgermeister zusammen. Allerdings vermied er es wegen der Art seiner Tätigkeit, engere Freundschaften mit den Kinobesuchern einzugehen. Er fürchtete, zu große Vertraulichkeit würde ihn dazu verleiten, früher oder später vom Prinzip der Unparteilichkeit abzurücken.

»Das Prinzip der Unparteilichkeit ist das oberste Prinzip, das ein Platzanweiser zu respektieren hat!« – hatte ihm vor langer Zeit der Filmvorführer Rudi Prohaska in seiner Eigenschaft als Direktor eingeschärft. »Mit allen freundlich, zu allen streng. Egal, ob es sich um einen leitenden Beamten, einen Gendarm oder einen ehemaligen Zuchthäusler handelt. Vor dem Kinoeingang sind alle gleich, jeder muss ehrfürchtig innehalten und sich fragen, ob er der großen Kunst würdig ist, deren Vertreter ich hier bin! Und von heute an auch du!«

IM ALLGEMEINEN UND IM BESONDEREN

Die Probleme kamen jedoch in den siebziger Jahren, als das Freilichtkino des *Sutjeska* wegen Unrentabilität geschlossen wurde. Seitdem gehörte praktisch alles Simonović allein. Vor allem, weil man nicht wusste, was man mit dem Areal hinter dem ehemaligen Hotel anfangen sollte – ohne direkten Zugang von der Straße war es weder für den Bau von Wohnungen noch für einen anderen gewinnbringenden Zweck geeignet. Während sich die anderen weiter städteplanerische Gedanken machten, räumte Simonović auf eigene Faust die Stühle des Freilichtkinos weg, stapelte sie am Rande des Hofs und zerschlug eigenhändig mit einem zehn Kilo schweren Vorschlaghammer in zweijähriger Kleinarbeit Zentimeter um Zentimeter den Betonboden. Gleichzeitig schleppte er Sack um Sack Muttererde herbei und pflanzte Blumen, verschiedene Gemüsesorten, hie und da ein Bäumchen.

Niemand hatte ihm das aufgetragen, aber genauso wenig hatte ihm jemand nahegelegt, von dieser Plackerei abzulassen. Niemand sagte etwas, dafür aber wurde umso mehr gelästert:

»Beton zerschlagen, ohne dazu gezwungen zu sein?«

»Säcke mit Erde in seiner Freizeit schleppen?«

»Löcher für Setzlinge graben in Erde, die einem nicht gehört?«

»Wer so was macht, führt doch etwas im Schilde!«

Bald sollte sich zeigen, was Simonović vorhatte. Der Hof wurde grün. Die Blumen und das Gemüse gediehen. Auch die Bäume machten Fortschritte. Die Kiefern und die Fichten waren zwar noch mickerig, noch kleiner als die Birken, aber drei

Weiden spendeten genug Schatten für eine ganze Familie, obwohl klar war, dass der alte Simonović nicht mehr heiraten würde. Er lebte in der knapp acht Quadratmeter großen Rumpelkammer/Wohnung mit einem Hof, genauer mit einem Garten von über zweitausend Quadratmetern. Nichts davon gehörte ihm rechtmäßig. Aber wozu brauchte ein betagter Junggeselle einen Eigentumsnachweis? Wem sollte er dieses Vermögen hinterlassen? Er hatte weder Frau noch Kinder, keine Katze oder Hund, er besaß nur einen kleinen Vogel, der noch älter war als er, vielleicht schon hundert. Ein Dokument brauchte er nicht, er hoffte nur, in Ruhe gelassen zu werden, zumal dieses Freilichtkino niemand mehr brauchte.

Ja, so war es auch zunächst. Solange man das Freilichtkino verkommen ließ. Außerdem konnte man Simonović nach dem Gesetz nicht aus der Rumpelkammer hinauswerfen, ohne ihm eine andere Unterkunft zu besorgen. Aber da er kurz vor der Pensionierung stand und aufgrund seiner langen Berufstätigkeit die Höchstzahl an Punkten erreicht hatte, wäre er auf der Liste der Wohnungsbedürftigen sofort an die erste Stelle gerückt. So argumentierte man, solange nicht alle Angestellten des Unternehmens zum Zwecke der Projektion von Filmen staatliche Wohnungen, meist Zweizimmerappartements in einem Neubau, bekommen hatten und auch später noch, als einige von ihnen diese gegen Dreizimmerwohnungen tauschten. Dann aber ging es los, ein Einwand folgte dem anderen:

»Er macht sich auf volkseigenem Gelände breit, und ich muss mit sechzig Quadratmetern auskommen!«

»Er unterhält auf einem städtischen Areal einen richtigen Park, und ich habe auf der Terrasse kaum Platz, meine Wäsche zu trocknen!«

»Er macht es sich bequem auf dem Gemeindegrundstück, uns hingegen hat man gerade das Nötigste zugeteilt und meint, damit wäre unser Wohnungsproblem gelöst!«

Angenommen, jemand hätte gefragt:

»Also gut, möchten Sie einen Hof von zweitausend Quadratmetern haben?«

Hätte die Antwort gelautet:

»Das würde gerade ausreichen, um ein ordentliches Leben zu führen!«

Und angenommen, dieser Jemand hätte hinzugefügt:

»Aber zu diesem Hof gehört eine Wohnung von nicht einmal acht Quadratmetern …«

Hätte er Folgendes zu hören bekommen:

»Was fällt Ihnen ein! Ich muss doch eine anständige Wohnung haben, ich bin doch nicht irgendwer.«

Also waren alle nur im Allgemeinen gegen Simonović. Im Besonderen aber wollte keiner mit ihm tauschen.

EIN VÖGELCHEN MIT EINEM RÄTSELHAFTEN NAMEN

Den alten Platzanweiser Simonović wurmte das Gerede aber doch. Er hatte ja niemandem verboten, das Freilichtkino zu betreten. Das zweiflügelige schmiedeeiserne Tor sperrte er nie zu. Er behauptete auch gar nicht, dass der Garten ihm gehöre. Er hatte sogar etwa dreißig Klappstühle so aufgestellt, dass jeder, der sich hinsetzte, etwas Besonderes zu sehen bekam: einen prächtigen Kohlkopf, den gelben Blütenbusch einer Chrysantheme, den aus dem alten blauen Kochtopf mit roten Punkten herausquellenden Hauswurz, den braunen Schopf in der Knospe einer jungen Fichte ... Aber vergebens! Niemand kam ihn besuchen, es sei denn, um einen kurzen Blick darauf zu werfen und danach wichtig zu tun:

»Französische Gärten sind viel schöner. Gepflegter. Ganz geordnet. Hier ist alles nur Kraut und Rüben ...«

Den alten Platzanweiser Simonović wurmte das Gerede aber doch. Er war deprimiert. Er dachte an den Ruhestand. Lustlos riss er die Eintrittskarten ab. Er ahnte, dass er nicht mehr lange hier bleiben würde. Deshalb nutzte er jede freie Minute, um auf einen Sprung in seinen Garten zu gehen. Dieser Sonntag Anfang Mai war ein schöner Tag. Ein heller. Auch die milde Sonne passte dazu. Simonović hielt es nicht länger aus. Sobald er den schweren nachtblauen Samtvorhang zugezogen hatte, eilte er in seinen Garten, um zu sehen, wie die Pflanzenwelt gedieh und was sein kleiner Vogel trieb.

»Vogel!«, rief er, als er den Innenhof des ehemaligen Hotels *Jugoslavija* betrat.

Das Vögelchen hatte einen Namen, aber der Platzanweiser wollte ihn aus bestimmten Gründen nicht aussprechen.

»Vogel!«, rief Simonović, während er durch den Garten ging.

Etwas raschelte im Weidengeäst, der Vogel liebte es, seine Spielchen mit ihm zu treiben, er flog mal hierhin, mal dorthin.

»Vogel!«

Man hörte einen Flügelschlag, und das kleine Geschöpf landete auf Simonovićs Schulter. Aber über das Vögelchen mit dem rätselhaften Namen später mehr. Wir wissen ja noch gar nicht, wer wo im Kino *Sutjeska* saß. Und der Film hat wahrscheinlich schon längst begonnen.

VON DER ERSTEN BIS ZUR NEUNTEN REIHE

DIE ZUR ABSTIMMUNG ERHOBENE HAND

In der ersten Reihe saß immer der Genosse Avramović, lange Zeit ein geschätzter Aktivist der Kommunistischen Partei. Mitte der siebziger Jahre wurde er all seiner Funktionen enthoben, aber nicht etwa wegen seines stets arroganten Verhaltens gegenüber Untergebenen und noch weniger wegen seines Katzbuckelns vor Vorgesetzten, sondern wegen eines »Fehltritts« bei einer wichtigen, ja entscheidenden Konferenz, bei der er sich nicht auf die Seite der richtigen, der siegreichen Fraktion gestellt hatte. Er hatte sich in der Mittagspause zu lange im Parlamentsrestaurant aufgehalten (leckere Jägerschnitzel, Salat der Saison – für gerade einmal zwei Dinar) und nicht mitbekommen, dass sich das Kräfteverhältnis der beiden gegnerischen Blöcke geändert hatte. Als er in den Konferenzsaal zurückkehrte, gab er seine Stimme fälschlicherweise der Verliererseite.

Obwohl er seitdem zu keiner Konferenz mehr eingeladen wurde, blieb der Genosse Avramović seiner alten Gewohnheit treu, sich sogar bei todlangweiligen literarischen Lesungen, bei

Vorträgen, Diskussionen, festlichen Veranstaltungen ganz links in die erste Reihe zu setzen. So auch im Kino, obwohl er dort aus einer Entfernung von lediglich drei Metern nicht das ganze Bild auf der Leinwand sehen konnte, was ihn jedoch nicht im Geringsten störte. Wie früher bei den wichtigsten Parteisitzungen saß der Genosse Avramović auch jetzt mit geschlossenen Augen und einem seligen Gesichtsausdruck da. Von Zeit zu Zeit, ungefähr alle fünfzehn Minuten, hob er, ebenfalls aus Gewohnheit, schwungvoll seine rechte Hand, als stimme er über etwas Wichtiges ab.

Ganz ohne Grund reckte der Genosse Avramović auch in anderen Lebenssituationen seinen rechten Arm in die Höhe: beim Spaziergang durch die Stadt oder durch die städtische Parkanlage, auf dem Wochenmarkt, beim Zeitungslesen, beim Fernsehen, wenn er auf der Terrasse saß oder im Ehebett ruhte. Er tat es sogar in der Dreifaltigkeitskirche, wohin er nach wochenlangem Zureden seiner Frau zur Taufe des Kindes eines nahen Verwandten kam. Avramović gab nur um des lieben Friedens willen in der Familie nach, dieser Keimzelle der menschlichen Gesellschaft. Zur Taufe zog er sich fein an und steckte alle neun Kugelschreiber in die Brusttasche seines Sakkos. In der Kirche aber lief es von Anfang an schief. Es ist nicht klar, ob der Genosse Avramović es ernst meinte oder ob er sich nur von seiner freundlichen Seite zeigen wollte, auf jeden Fall traute der Pope, Vater Dane, seinen Ohren nicht, als jener ihm auf die Schulter klopfte und sagte:

»Ich finde es schön, dass Ihr die Wände und die Kuppel mit den Porträts so vieler ehemaliger Funktionäre geschmückt habt …«

Der alte Priester räusperte sich lediglich. Aber kurz nach dem

Beginn der Liturgie hätte wenig gefehlt, und das Evangelium wäre ihm aus der Hand gefallen:

»Mann, Sie! Ja, ja, Sie ... Nehmen Sie bitte den Arm runter, Sie befinden sich hier im Hause des Herrn.«

Avramović erzählte später, dass er mit dem Verlauf der Taufe sehr unzufrieden war: Es gab keine Diskussion über die Tagesordnung, kein Schriftführer war vorgesehen, im Saal herrschte ein devoter Ton. Nur der letzte Punkt, das Festessen bei dem nahen Verwandten, sei zufriedenstellend verlaufen. Bei Tisch vernahm man von Avramović das große Wort:

»Reichen Sie mir doch bitte noch etwas von dem leckeren Spanferkel!«

Der Genosse Avramović hatte kein Verständnis für die Religion, und die Wissenschaft hatte kein Verständnis für den Genossen Avramović. Doktor Mile Marković, genannt der Graf, Facharzt für Innere Medizin und ein hervorragender Diagnostiker, konnte sich nicht genug über Avramović wundern. Er vertrat die Ansicht, die Medizin kenne keine unwillkürliche Verkrampfung so vieler Muskelgruppen gleichzeitig.

»Noch einmal, bitte ... Rauf ... Runter ... Rauf ... Das genügt ... Sie reagieren normal ... Aber nicht doch, das genügt, es ist völlig ausreichend, Sie können sich wieder anziehen. Wissen Sie überhaupt, was alles nötig ist, um diese Bewegung ausführen zu können: die Muskeln der Schulter, des Ober- und des Unterarms, der Hand, der Deltoideus, der speichenseitige Handbeuger, der zweiköpfige Oberarmmuskel, die Rotatorenmanschette, der radiale und der ellenseitige Handbeuger, der lange Daumenbeuger, der lange Daumenheranzieher, der Gegensteller des Daumens, der Kleinfingerstrecker. Aber wozu zähle ich das alles auf ... Genosse, diese Bewegung beim Abstimmen erfordert den Einsatz von nicht weniger als sechzig verschiedenen Muskeln. Von anderen Organen ganz zu schweigen«, sagte Doktor Mile, genannt der Graf, und tippte sich zweimal an die Stirn.

»Welche ›anderen‹ Organe meinen Sie?«, fragte Avramović betroffen.

»Machen Sie sich keine Sorgen …«, fuhr Doktor Mile, genannt der Graf, fort. »Erstens, man stirbt nicht daran. Zweitens, Sie sollten unbedingt einen Nervenarzt aufsuchen. Drittens, ich gebe Ihnen auch eine Überweisung für einen Orthopäden mit. Allerdings bin ich sicher, dass die Kollegen Ihnen dasselbe sagen werden wie ich, dass diese unkontrollierte Bewegung nämlich direkt von der Wirbelsäule kommt. Haben Sie vielleicht in der letzten Zeit eine heftigere Prellung gehabt oder haben Sie gespürt, dass etwas eingeklemmt war? Haben Sie, Genosse, sich zu tief oder zu jäh gebeugt? Allerdings muss ich Ihnen gleich sagen, dass dies nicht ausreicht, um Sie für berufsunfähig zu erklären.«

»Ich beuge mich nie!«, entgegnete Avramović und streckte stolz seine Brust heraus, die noch in dem ärmellosen Unterhemd steckte.

Er hörte nicht auf den Rat des Internisten Mile Marković, genannt der Graf, sich weiteren Untersuchungen zu unterziehen. Denn was konnte ihm schon passieren? Davon starb man ja nicht. Im Gegenteil, es sollte sich herausstellen, dass er mit erhobener Hand ganz schön durchs Leben kam.

In der zweiten Reihe saß wie immer gemütlich der stadtbekannte Säufer Bodo, wie für einen Ausflug mit zwei Flaschen Bier, einem Laib Brot und einem halben Pfund Salami ausgestattet. Er pflegte im Kino genüsslich zu speisen, alles reichlich mit Alkohol zu begießen, laut aufzustoßen und einmal kurz zu gähnen. Danach setzte er eine billige Sonnenbrille auf und versank augenblicklich in den Schlaf des Gerechten, ohne von dem Notiz zu nehmen, was sich auf der Leinwand tat.

Bodo kaufte keine Eintrittskarte, er betrachtete es als sein hochheiliges Privileg, dass der alte Simonović ihn umsonst hereinließ. (Dabei tat der niedergeschlagene Simonović das in erster Linie aus beruflichen Gründen, denn auf diese Weise meinte er, das erschütterte Vertrauen in die Kompetenzen eines Platzanweisers zurückzugewinnen und allen zu beweisen, dass von seinem Berufsstand mehr abhing, als heute gemeinhin angenommen wurde.)

Als unverbesserlicher Trinker, der schon des Öfteren von Sozialarbeitern zu einer Entziehungskur verdonnert worden war, verfügte Bodo an mehreren Stellen der Stadt über »Depots«. In seiner Tasche hatte er einen Plan mit den genauen Angaben, wo die »derzeit verfügbaren Mittel zur Nivellierung der Wirklichkeit« zu finden waren. Vorausgesetzt, die Legende des Stadtplans stimmte, war sie ungefähr (ich betone: ungefähr, damit nicht jemand auf die Idee kommt, die besagten Mittel befänden sich noch immer dort, und dann auf der vergeblichen Suche nach ihnen völlig verzweifelt) so zu deuten:

– Drei Kreise: drei Flaschen Trsteniker Rosé im Stadtpark unter der Tafel an der Gedenkstätte für die gefallenen Partisanen (jederzeit zugänglich außer an Nationalfeiertagen, wenn Kränze niedergelegt werden).

– Ein Quadrat: eine Flasche Magenbitter im Spülkasten der Herrentoilette im ersten Stock der Poliklinik, wo die Psychologie und die Psychiatrie untergebracht sind (die hochnäsigen Schwestern in der Aufnahme wollten meist ihren Augen nicht trauen: Bodo kam geraden Schritts zu den Sprechstunden und verließ sie in der Regel mit leichter Schlagseite.
– Ein Trapez: ein Fläschchen Kräuterlikör in der verstaubten Buchsbaumhecke neben dem Polizeipräsidium (deshalb meldete sich Bodo, wenn er wegen Trunkenheit festgenommen wurde, immer freiwillig zum Stutzen der Hecke. Er wurde allerdings manchmal auch im nüchternen Zustand verhaftet, damit die Hecke ihren Frühjahrsschnitt bekam).
– Ein Rechteck: jederzeit gekühlter Schnaps im Schacht des Wasserstandsmessers neben dem Kajakclub, gleich neben der Treppe zum Fluss hinunter (nicht sehr hochprozentig, sozusagen die »sportliche Variante«).
– Zahlreiche Dreiecke: überall in der Stadt verstreut einen Deziliter fassende »Minifläschchen« …

Nun musste er nur noch ungestört von einem Punkt zum anderen gelangen.

EIN KLEINES WOLLKNÄUEL IMMER BEI DER HAND

Gleich hinter Bodo in der Mitte der dritten Reihe saß zusammengekauert ein gewisser Federle, ein Obdachloser, sommers wie winters in einen viel zu weiten Ballonmantel gehüllt. Wenn Ordnungshüter bei ihren Runden seine Personalien feststellen wollten und ihn von oben herab fragten, wo sein ständiger Wohnsitz sei, antwortete er gelegentlich:

»Wieso wo? Habt ihr denn keine Augen im Kopf? Seht ihr denn nicht, dass ich in meinem Mantel wohne? Hausnummer XXXL. Er ist geräumig, hat fünf bequeme Taschen, einen hohen Kragen und ist wasserdicht.«

Federle war leicht wie eine Feder. Er wog kaum mehr als fünfzig Kilo, und zwar auf der Großmarktwaage, die zugunsten der Verkäufer ein höheres Gewicht anzeigte. Er verschwand blitzartig von der Straße, sobald auch nur ein Blatt an den alten Linden am Rande des Marktplatzes leicht erzitterte, und erst recht, wenn es sich bewegte. Federle hatte nämlich eine panische Angst, der Wind könnte ihn wegblasen – hierhin, dorthin, so weit fort, dass er nicht mehr zurückfände. Wahrscheinlich deshalb waren die Taschen seines Ballonmantels immer voller Kleingeld. Um genug Ballast zu haben, nahm er als Almosen nie Scheine, sondern nur Münzen, die er nach ihrem Gewicht und nicht nach ihrem nominalen Wert beurteilte. Und wahrscheinlich deshalb verwahrte er in seinen Manteltaschen neben dem Kleingeld auch zwei, drei kleine rote Wollknäuel. Das Fadenende des einen war durch das Knopfloch des Mantelrevers gezogen und fest verknotet. Er verachtete Angelschnüre und sonstige Plastikfäden und war überzeugt, der rote Wollfaden schütze ihn vor dem bösen Blick.

Federle lauschte auf jedes Rascheln, er war alarmiert, sobald jemand nieste oder laut seufzte, und immer darauf bedacht, sich in Sicherheit zu bringen. Er zeigte zum Himmel und sagte jedem im Vertrauen:

»Ob Sie es glauben oder nicht, die Amerikaner oder die Russen, jedenfalls hat jemand dort oben den Riegel gelockert und die Tür, das Fenster, die Gaube oder sonst was aufgesperrt ... Spüren Sie nicht, wie es direkt aus dem Weltall zieht? Genießen Sie ruhig weiter die frische Luft, Sie werden sehen, eines Tages wird eine kosmische Windböe uns alle wie Strohhalme fortblasen.«

GOTTVATER

So weit Federle. Die vierte Reihe war wie nach einem ungeschriebenen Gesetz den Roma vorbehalten. Oder, wie man sie damals nannte, den Zigeunern.

An diesem Tag saßen nur zwei von ihnen dort – Gagi und Dragan. Zur besseren Unterscheidung, falls das überhaupt möglich ist: Gagis richtiger Name war Dragan, während Dragan den Spitznamen Gagi trug. Ersterer, der etwas ältere Gagi, war Analphabet, weswegen ihm der andere immer vorlas, was kleingedruckt ganz unten in den Untertiteln stand.

Da aber auch der Jüngere nicht gerade eine Leuchte in der Kunst des Lesens war und die Schrift schneller wechselte, als er ihr folgen konnte (und manchmal schwer zu entziffern war, weil die eng nebeneinanderstehenden Buchstaben blass waren, als hätte man sie mit einem Bleichmittel behandelt), improvisierte Dragan und fügte manches hinzu, was gar nicht gesagt worden war. Nach dem ersten Viertel des Films war er meist schon so in Fahrt, dass er die Dialoge nach eigenem Gutdünken wiedergab, und im weiteren Verlauf der Vorführung wurde er sogar immer eifriger. Seltsam, wie ein und dieselbe Geschichte, je nach Glaubwürdigkeit des Vermittlers, völlig verschiedene Wendungen nehmen kann. Heimische Filme mochte sich Dragan allerdings gar nicht zusammen mit Gagi anschauen, denn sie boten ihm nicht die Möglichkeit, »seiner Phantasie freien Lauf« zu lassen.

Der ältere Gagi sah zu Dragan mit Ehrfurcht auf wie zu »Gottvater«. Selbst dann, wenn es offensichtlich war, dass dieser sich so einiges ausdachte.

»Lass nichts aus! Was meint er, was hat er soeben gesagt?«, drängte Gagi seinen Freund und stieß ihn mit dem Ellbogen an, sobald dieser zu reden aufhörte, selbst wenn die Schauspieler auf der Leinwand betont dramatisch schwiegen.

»Was willst du denn von mir? Soll ich dir denn was vorlügen?«, erwiderte Dragan scheinbar verärgert. »Keiner hat auch nur ein Sterbenswörtchen gesagt! Das hörst du doch selbst, oder? Der Held hat dich nur persönlich mit einem Kopfnicken gegrüßt!«

WENN EINER SEINE NASE IN DIE FILMHANDLUNG STECKT

»Was reden Sie da! Schämen Sie sich denn nicht, den Mann derart hinters Licht zu führen?«, meldete sich aus der fünften Reihe der bierernste Herr Djordjević zu Wort.

Falls sich heute überhaupt noch jemand für Details interessiert, sei hier nur so viel angemerkt: Djurdje Djordjević, Gymnasialprofessor für die damals noch existierende jugoslawische

Literatur und serbokroatische Sprache, immer mit einem dunkelblauen Fleck auf der Hemdtasche, da sein Füllfederhalter ständig leckte. Im vorgezogenen Ruhestand. Obwohl man ihm anders geraten hatte, versah er die miserable Klassenarbeit eines politisch aktiven Schülers über einen Nationalfeiertag, die mit dem begeisterten Ausruf: »Dem Genossen Tito ein schönes Leben!« endete, mit dem Kommentar: »Ein schönes Leben! So ein Unsinn! Ungenügend (5)!«

»Warum stellen Sie sich taub? Ich habe Sie gefragt, ob Sie sich nicht schämen, diesen Mann hier derart hinters Licht zu führen?«, wiederholte Herr Djurdje Djordjević, der übrigens zu der Sorte Menschen gehörte, die man als äußerst hartnäckig bezeichnet.

Dragan schwieg. Vielleicht weil er ein schlechtes Gewissen hatte. Er wusste, dass er übertrieb, und wollte einer Auseinandersetzung aus dem Wege gehen. Dafür aber drehte sich Gagi um und platzte geradewegs heraus:

»Hör mal, Alter, steck deine Nase nicht in die Filmhandlung! Bist du etwa eifersüchtig, weil der Hauptdarsteller nur mich gegrüßt hat?«

Das wiederum bewog den hartnäckigen Herrn Djordjević, etwas näher zu rücken und sich zu einem Erziehungsversuch nach vorne zu beugen. Er sprach langsam und betonte die Worte so, dass sie auch in taube Ohren Eingang gefunden hätten:

»Junger Mann, vielleicht wissen Sie es nicht, aber Ihr Freund belügt Sie schamlos. Ich höre ihm die ganze Zeit zu und frage mich, wie weit er es noch treiben will. Das kann er sich natürlich nur leisten, weil Sie nicht lesen können. Dabei verschandelt er die Kunst des Films aufs Gröbste. Wenn Sie gestatten, werde ich Ihnen erläutern, was die Schauspieler wirklich gesagt haben …«

Das war ein Schuss in den Ofen. Was Herr Djordjević Gagi vorlas, gefiel diesem überhaupt nicht. Nach einer Weile drehte er sich um und zischte:

»Zum Teufel mit dir und mit deiner Kunst! Du hast ja überhaupt keine Ahnung, redest nur geschwollen daher. Dragan aber liest toll, als wäre er Haile Selassie, der Kaiser von Äthiopien!«

Schließlich ließ sich Herr Djordjević in seinen Sitz in der fünften Reihe zurücksinken, konnte es sich aber nicht verkneifen zu bemerken:

»Nein, so nicht, wir sind noch nicht fertig miteinander, wir haben noch nicht geklärt, wer was zu wem gesagt hat!«

DREISSIG JAHRE WÄHRENDE VORBEREITUNGEN

Das Ganze hatte natürlich Herr Eraković aus der sechsten Reihe mitbekommen.

»Richtig, Herr Professor, heute wird die Kunst leider wenig geschätzt …« Mit diesen Worten bot er Herrn Djordjević lauthals seine Unterstützung an, auf die dieser aber gerne verzichtete, da er Herrn Eraković nicht ausstehen konnte.

Dieser Eraković war ein Künstler. Genauer gesagt, er war es noch nicht, bereitete sich aber seit dreißig Jahren Tag für Tag darauf vor, einer zu werden. Wohin auch immer er ging, nahm er seine Gattin, das heißt Frau Eraković, mit. Sie war die einzige

Person auf dieser Welt, die unerschütterlich an seinen Erfolg glaubte. Sie tat es vor allem, weil sie von ihm über ebendiese Welt ständig neue Wahrheiten erfuhr. Die Wahrheiten waren präzise und in höchstens zwei oder drei Sätzen formuliert. Herr Eraković hatte sie in Wörterbüchern, Enzyklopädien, Lexika aufgestöbert und zitierte sie hemmungslos. Das konnte Frau Eraković nicht wissen. Aber selbst wenn sie es gewusst hätte, hätte sie ihrem Mann geglaubt. Sie liebte und glaubte. Zwei Gefühle, die nahe beieinander liegen. Wenn sie manchmal zufällig einen dieser dicken Wälzer aufschlug, zeigte sie wütend mit dem Finger auf den Text und rief:

»Guck mal, irgendein Voltaire! Der sollte sich was schämen! Der hat das glatt von dir abgeschrieben. Du solltest dein Wissen nicht überall leichtfertig preisgeben. Du musst aufpassen, wem du was sagst.«

Dieses Paar passte eigentlich nicht in den vorderen Teil des Kinosaals, aber da man dort näher an der Leinwand saß, konnte Eraković leichter die Repliken der Schauspieler abkupfern. In letzter Zeit spielte er ernsthaft mit dem Gedanken, sich in »absehbarer Zukunft« auf dem Gebiet des Films zu versuchen. Und wieder glaubte Frau Eraković an ihn. Und unterstützte ihn dabei nach Kräften. Als er einmal kleinmütig wurde und einräumte:

»Mir platzt der Kopf! Wie können die nur so viel auswendig lernen? Ich glaube, ich werde nie ein Schauspieler, vielleicht sollte ich mich lieber der bildenden Kunst zuwenden …«

Also, als er das einmal sagte, war sie gleich dabei, ihm Trost zu spenden:

»Das macht doch nichts, mir ist es einerlei.«

Andere Menschen hingegen glaubten nicht so fest an Herrn Eraković. Allen voran die beiden Rotzbengel Ž. und Z. Wo auch immer sich die Erakovićs hinsetzten, pflanzten diese beiden sich sofort hinter sie. Im Kino war es die siebte Reihe. Man nannte die beiden kurz nur Ž. und Z., nie mit vollem Namen. Sie waren nicht älter als zwölf. Besonders gern gingen sie Herrn Eraković mit ihren Kommentaren auf den Geist. Die Erakovićs taten so, als bemerkten sie sie nicht, obwohl sie ganz schön verärgert waren. So zum Beispiel konnten Ž. und Z. Herrn Eraković, der von ausgesprochen kleinem Wuchs war, mit gespielter Liebenswürdigkeit mehrmals während der Filmvorführung bitten, sich auf dem Sitz noch ein wenig zu ducken, weil sie angeblich nichts sehen konnten.

Einer ihrer nicht gerade geistreichen Späße hatte jedoch ernste Folgen. Ž. und Z. riefen oft Erakovićs Namen, wobei sie ihn leise und schnell hintereinander aussprachen. Wenn er sich dann umdrehte, schauten sie unbeteiligt in der Gegend umher. Herr Eraković bildete sich bald ein, »Engelsstimmen« zu hören. Und noch mehr als das: Er bildete sich ein, eine »himmlische Macht« fordere ihn unentwegt auf, seine großen künstlerischen Ambitionen zu verwirklichen.

Eraković, sonst ein überzeugter Atheist, war in diesem Falle der Meinung, man solle nicht kleinlich sein.

»Ich will schließlich nicht übertreiben, ich kann mich dem Glauben doch immer so weit hingeben, wie es mir zusagt … Für den Anfang möchte ich nur sehen, was diese himmlischen Mächte von mir erwarten.« So sagte er bei sich.

Oder anders ausgedrückt, so hoffte er laut. Wenn man ihm

schon von oben, von höchster Instanz etwas so beharrlich ans Herz legte, müsse das wohl eines Tages in Erfüllung gehen.

DER VERMITTLER

Fast hätte ich die achte Reihe übersprungen. Dort saß Vrežinac. Er war ein stiller, unauffälliger Mensch, etwa so wie Gogol am Anfang seines Romans ›Die toten Seelen‹ Tschitschikow beschrieb: »… ein Herr von nicht hervorragend hübschem, aber auch nicht üblem Aussehen, nicht zu dick und nicht zu mager; man könnte nicht sagen, dass er alt, aber auch nicht, dass er allzu jung sei.« Vrežinac war eben sowohl als auch, und wahrscheinlich ging ihm deshalb das Vermitteln so leicht von der Hand. Er verdiente an allen möglichen Differenzen, es gab kein Geschäft, das er als zu wenig lukrativ ausschlug, er gewann hier einen, dort zwei Dinar, Hauptsache er ergatterte eine Provision. Dabei ging es nie um einen richtigen Verkauf, sondern eher um – Gefälligkeiten. So begleitete Vrežinac zum Beispiel Besucher ins Kino *Sutjeska*. Das waren bestimmte Besucher, die sich bestimmte Filme anschauten.

In der zweiten Hälfte der siebziger Jahre kamen häufig, fast überfallartig Reisegruppen aus der Sowjetunion zu uns. Sie besuchten Sehenswürdigkeiten in der Umgebung, übernachteten in unserer Stadt und hatten hier auch einige Stunden zur freien Verfügung. Meist schlenderten sie über den Marktplatz und durch die Straßen im Zentrum der Stadt und bewunderten die Waren in den Schaufenstern, die für Westler bescheiden, für jemanden aus dem Osten Europas jedoch luxuriös waren.

Russische Touristen – immer in Gruppen – trieben sich bis zur Erschöpfung in der Stadt herum. Dann gingen sie ins *Sutjeska*.

Es wird erzählt, dass man auf die Vermittlung von Vrežinac hin das Kinoprogramm diesen Besuchern anpasste. Sobald das Kino einen dänischen Erotikfilm ankündigte, wusste man Bescheid: Es waren wieder Russen da. Eine ganze Stunde vor Beginn versammelten sich vor der Kasse fünfzig, manchmal auch hundert bescheiden gekleidete Menschen mittleren und höheren Alters. Sie tuschelten und beratschlagten, als überlegten sie noch, ob sie sich den Film ansehen sollten oder nicht. Einige starrten ungläubig die nackten Mädchen auf dem Plakat an. Manche wurden rot, obwohl die damaligen Erotikfilme aus Dänemark eher naiv als erotisch waren. Andere zählten sogar zehn Mal hintereinander ihr Geld. Die gesammelte Summe gaben sie Vrežinac, der sie dorthin gebracht hatte, weswegen der Eintritt auch etwas teurer war.

Ich kann mich noch erinnern, dass sich die Touristen aus der Sowjetunion ständig umdrehten, als fürchteten sie, jemand könne sehen, dass sie ins Kino gingen. Viele entfernten dabei das Abzeichen mit Lenins Kopf vom Revers. Was für einen Eindruck die Filme bei ihnen hinterlassen haben, weiß ich nicht. Sie verließen das Kino blass, mit dem Anflug eines Lächelns in den Mundwinkeln. Das konnten sie nun also auch abhaken. Nach allem zu urteilen, fühlten sie sich nicht betrogen. Und sie hefteten das Lenin-Abzeichen wieder ans Revers.

Vrežinac verdiente ganz gut an ihnen. Der Platzanweiser Simonović fand das nicht in Ordnung und versuchte mehrmals, ihn zur Rede zu stellen. Aber wie jeder kluge Geschäftsmann hüllte sich Vrežinac in Schweigen. Er ging seinen Geschäften nach und sprach nicht darüber.

EINE TÄTOWIERUNG, DIE SICH WERWEISSWOHIN ERSTRECKTE

In der neunten Reihe schließlich, mit der der untere Teil des Kinosaals endete, saß der Konditor Ibrahim, ein fleißiger Mann, bekannt dafür, dass er an »unserer kyrillischen Schrift festhielt«. In der Straße, in der sich sein Laden befand, war er umgeben von Geschäften, die mit lateinischer Schrift und meist mit englischen Ausdrücken protzten, die kaum jemand verstand. Der Inhaber der privaten Konditorei *Tausendundeine Leckerei* weigerte sich jedoch, mit der Mode zu gehen und sein Firmenschild zu ändern.

Ibrahim ging stets mit seiner Familie ins Kino. Neben ihm saß seine Tochter Jasmina, immer mit einem Kopftuch. Sie war sehr schön. Neben Jasmina saß ihre Mutter. Man konnte sehen, von wem das Mädchen seine harmonischen Gesichtszüge geerbt hatte. Niemand kannte den Namen von Jasminas Mutter. Sie hatte auf der rechten Hand eine wunderbare Tätowierung, eine Arabeske, die den ganzen Handrücken bedeckte und unter ihrer zu jeder Jahreszeit langärmeligen Kleidung verschwand.

Man erzählte sich, dass Ibrahim den einzigen Mann töten wollte, der einmal diese Tätowierung auf dem Unter- und Oberarm seiner Frau gesehen hatte. Man erzählte sich auch, dieser sei nach Australien geflohen. Einige gaben sogar vor zu wissen, der Konditor spare für eine Reise über den Ozean, um diesen einzigen Mann ausfindig zu machen, der außer ihm wusste, wie die Tätowierung aussah und bis wohin sie sich erstreckte.

DER ZWISCHENRAUM UND EIN KLEINER VOGEL, DER KURZ DAVOR IST ZU SPRECHEN

DER ZWISCHENRAUM

Auf die neunte folgte nicht etwa gleich die zehnte Reihe. Dazwischen befand sich nämlich ein etwa zwei Meter breiter leerer Raum, der das Herein- und Hinausströmen der Zuschauer erleichterte. Und so soll es auch in dieser Geschichte über die Vorführung eines Films sein, an dessen Titel ich mich nicht mehr erinnere, so wie ich auch nicht mehr weiß, ob es ein Spielfilm oder ein Dokumentarfilm war. Sicher jedoch ist, dass er Anfang Mai 1980 im Kino *Sutjeska* gezeigt wurde.

Früher wusste man: Die zehnte Reihe war gerade wegen dieses Zwischenraums und der größeren Beinfreiheit den angesehensten Besuchern vorbehalten. Es ging jedoch nicht nur um die Bequemlichkeit. In der zehnten Reihe waren auch die auffälligsten Abendtoiletten zu sehen, denn damals ging man noch festlich gekleidet ins Kino. Später, als die ursprünglich samtbezogenen Sessel durch gewöhnliche Holzstühle ersetzt wurden, deren Sitze jedes Mal hochklappten, wenn jemand aufstand, war die zehnte Reihe für Parteifunktionäre, hohe Militärs, Schuldirektoren reserviert. So war es, als der Platzanweiser

Simonović noch nicht in Depression gefallen war, als er sich noch um die Erhaltung der »paradiesischen Hierarchie« kümmerte. Als er noch auf seinem Arbeitsplatz im Zuschauerraum neben der zweiflügeligen Tür und dem schweren Vorhang saß und nicht wie an jenem Sonntagnachmittag in der ehemaligen Gartenwirtschaft, wo er die milde Sonne und das Zwiegespräch mit einem Vögelchen genoss, das auf seiner Schulter hockte. Wegen dieses kleinen Vogels müssen wir zum Beginn des 20. Jahrhunderts zurückgehen und Rudi Prohaskas gedenken.

NUR DAS LACHEN IST ÜBERALL GLEICH

Rudolf Prohaska wurde 1889 in Daruvar geboren, wohin seine aus Böhmen stammende Familie gezogen war. Als kleiner Junge ging er mit dem Wanderkino seines Großvaters Franz Prohaska auf große Tournee. Er bereiste weite Teile der Donaumonarchie, gelangte im Jahre 1904 zunächst in das Königreich Serbien und reiste dann weiter durch das Zarentum Bulgarien bis ins Osmanische Reich, genauer bis zum Dolmabahçe-Palast in Istanbul. Denn Franz und Rudi Prohaska führten ihre Filme sogar dem Sultan persönlich vor.

Wie groß die Welt doch war! Staubige Ebenen, schnurgerade, von Pappeln oder von überreife Früchte tragenden Maulbeerbäumen gesäumte Straßen, verrostete schmiedeeiserne Kruzifixe an Wegkreuzungen, an Gemarkungsgrenzen kleine Kapellen, Heiligen gewidmet, die diese Gegend einst vor der Pest oder vor anderem Ungemach bewahrt hatten … liebliche Flussauen,

Kopfweiden, Stromschnellen, das Klappern verlassener Wassermühlen, verrottete Fähren, wackelige Brücken … schneebedeckte Gipfel, dicht beieinanderstehende Berge, alte Burgruinen, einsame Schwarzkiefern, Sturzbäche, Erdrutsche … enge Schluchten, deren steile Wände auf beiden Seiten bemoost waren, denn die Sonne zeigte sich dort nur am Mittag … tosende Meerengen, von der Brandung zerklüftete Felsen, Fischerboote, klein wie Nussschalen, und weit draußen am Horizont große, keuchende Dampfer …

Wie kraftvoll die Sprachen doch waren! Das athletische Deutsch, das pikante Ungarisch, das geschwätzige Serbisch, das liebliche Bulgarisch, das unberechenbare Türkisch … Alles unterschied sich voneinander, nur das Lachen der Menschen war überall gleich, wo immer Opa Franz Rast machte und sein Enkel Rudi, nachdem die Leinwand aufgespannt war, die Kurbel des Projektors zu drehen begann.

Unter Hunderten von Wirtshäusern, in denen die beiden Tschechen ihre bewegten Bilder vorführten, gab es keine zwei, die sich glichen. Alle waren unterschiedlich eingerichtet. Einige waren äußerst sauber, andere wiederum äußerst schmutzig. Die einen dufteten nach Leinöl und getrocknetem Basilikum, die anderen stanken nach den regennassen Pelerinen der Kutscher und dem Schweiß der ausgespannten Pferde. In manche kamen Leute, um zu singen, in andere, um sich nicht zu Hause zu erhängen. In den einen betranken sie sich, weil es keine Freiheit gab, in den anderen, weil sie mit der Freiheit nichts anzufangen wussten …

Auch waren die während der Vorführung angebotenen Speisen und Getränke nicht von gleichem Geschmack. Man spürte, ob ein Tier eben noch frei herumgelaufen war oder geduldig darauf gewartet hatte, von seinem Herrn geschlachtet zu werden. Man schmeckte heraus, ob der Schnaps lustlos und schweigend als Pflichtübung oder in der fröhlichen Runde der ganzen Dorfgemeinschaft gebrannt worden war. Man merkte, welcher Wein nur um der Menge willen gekeltert worden war und welcher in einem einzigen Glas die geschmackliche Fülle eines halben Fasses enthielt.

Auch stritten die Wirte und ihre Frauen auf unterschiedliche Arten. Manche taten es mit viel Geschrei und wütendem Wortschwall, um sich später wie zufällig wieder einander anzunähern. Die anderen erledigten es mit nur ein, zwei Worten, hegten aber umso größeren Groll füreinander, und es war nur noch eine Frage der Zeit, wann einer von ihnen den anderen im Schlaf mit einer Axt erschlagen würde …

Auch die Zuschauer reagierten ganz unterschiedlich. Die einen taten, als wüssten sie Bescheid, obwohl sie das Kino nur vom Hörensagen kannten, die anderen gaben zu, noch nie etwas Derartiges erlebt zu haben, und vermochten nur noch mit vor Erregung erstickter Stimme zu flüstern. Mancherorts standen sie schon am frühen Morgen an, wobei sie ihre gebrechlichen Angehörigen stützten, Wiegen mit Säuglingen, Betten samt hundertjährigen Greisinnen oder Bierbänke für die ganze Familie herbeischleppten. Sie waren laut, aber niemand scherte sich darum, denn es war eine große Frage, wann sich wieder etwas Ähnliches in ihre Einöde verirren würde.

Alles unterschied sich voneinander, nur das Lachen war überall gleich. Zunächst verhalten, dann aber, wenn Franz und Rudi eine Filmburleske nach der anderen vorführten, erklang es immer kehliger, bis es am Ende gewaltig herausbrach.

Anfangs schien es, Sultan Abdülhamid der Zweite sei anders als andere Menschen, es sah so aus, als würde er nie lachen.

In Istanbul zeigten der alte Tscheche mit dem Backenbart und der Junge, dem die ersten Barthaare gerade zu sprießen begannen, ihre Filme zunächst in Hotels und in den Privathäusern wohlhabender Bürger. Die Stadt war groß, Hunderte von Muezzins riefen zum Gebet, überall duftete es nach frisch gebackenen Brötchen und Sesamkringeln, gelegentlich blitzte ein Goldstück oder ein Dolch auf, manche Menschen waren ausgelassen, manche schwiegen weise, andere wiederum träumten bei der Wasserpfeife und beim Haschischrauchen ... Das Kino galt als ein Wunder. Die Vorstellungen waren alle bis auf den letzten Platz ausverkauft. Am beliebtesten war ein Film, in dem ein Schauspieler unzählige Male seinen Gesichtsausdruck änderte, sowie die folgenden Streifen: ›Arbeiter verlassen die Tabakfabrik‹, ›Babyfrühstück‹, ›Bad im Meer‹, die spektakuläre ›Krönung König Edwards des Siebten‹, die pittoreske Geschichte ›Fahrt auf dem Canal Grande in Venedig‹, der Zukunftsfilm ›Die Reise zum Mond‹. Ab und zu wagte Franz Prohaska es auch, den kurzen, aber skandalträchtigen Film ›Der Kuss‹ mit May Irwin und John C. Rice zu zeigen.

Eines Abends im vornehmen Viertel Beyoğlu saß im Publikum auch Tahsin-Pascha, der persönliche Sekretär des Sultans. Er ließ die Gebetsschnur durch seine Finger gleiten und zupfte an seinem spärlichen Bart. Am nächsten Tag erschienen zwei Männer und befahlen den Tschechen, ihre Vorführapparatur einzupacken und ihnen unverzüglich zu folgen. Sie waren à la Franka gekleidet und sprachen Französisch, aber ihre Blicke besagten, dass es sinnlos war zu fragen, wohin man sie bringen würde. Wenig ermutigend klang auch das hartnäckige Bitten des Herbergswirts, Franz und Rudi möchten ihre bisher aufgelaufene Rechnung sofort begleichen. Er lief hinter ihnen her, fasste sich an den Kopf und flehte:

»Bezahlen, Effendi … Jetzt bezahlen bis jetzt … Für später sehen wir später … Falls Sie zurückkommen … Bitte, Effendi, jetzt bezahlen …«

Man brachte sie zum Dolmabahçe-Palast. Vor jedem neuen Saal wurden die Tschechen von Wachen durchsucht. In einem der Säle befahl man ihnen schließlich, alles für die Filmvorführung vorzubereiten und zu warten. Vielleicht war der Sultan auch gar nicht da, denn er hielt sich lieber im alten Pavillon in Yıldız auf. Er mochte den Prunk des Dolmabahçe-Palastes nicht, außerdem war der bescheidenere Pavillon leichter zu bewachen. Franz und Rudi warteten. An jeder Säule im Saal stand, die rechte Hand auf dem Säbelknauf, ein Kapi kular, eine Art Leibgardist des Sultans. Niemand sagte ein Wort. Franz und Rudi warteten. Plötzlich vernahm man ein Rascheln, und ohne jegliches Zeremoniell trat der Sultan ein. Ihm auf dem Fuß folgte sein Dolmetscher. Alle senkten die Köpfe. Auch die beiden Tschechen verneigten sich, Rudi Prohaska wagte dennoch einen verstohlenen Blick. Abdülhamid war ein kleinwüchsiger, blasser, etwa sechzig Jahre alter Mann, dessen unsichere Bewegungen ihn sogar ängstlich aussehen ließen. Man erzählte sich, dass er von vielen grundlosen Ängsten gepeinigt werde, aber auch von einer, die vielleicht berechtigt war – viele Menschen wünschten seinen Tod. Der Sultan witterte überall Verschwörungen der Jungtürken oder Attentatsversuche seitens der armenischen Untertanen. Mit jedem Jahr seiner Herrschaft verstrickte er sich mehr im selbst gesponnenen Netz von Spionen, umgab sich mit Schmeichlern und vermochte immer weniger einen Getreuen von einem Speichellecker zu unterscheiden. Mit der Zeit entfernte er sich von der Wirklichkeit und wurde immer blasser.

Wie auch immer, der Sultan wirkte lustlos. Die Fremden kaum eines Blickes würdigend, nahm er auf etwas Platz, das weder Bett noch Thron war. Aus einem faltenreichen Ärmel lugte seine schmale rechte Hand hervor, plötzlich bewegte sich kaum erkennbar der kleine Finger, der einzige, den ein Ring mit einem roten Edelsteintropfen schmückte. Rudi Prohaska sollte diese Hand nie mehr vergessen, die etwas längeren, gepflegten Fingernägel und diesen kleinen Finger, der zuckte zum Zeichen, dass man mit der Vorführung beginnen könne. Die Soldaten zogen die Vorhänge an den Fenstern zu, im Saal wurde es dämmrig. Der Sultan blickte grimmig drein, es schien, als wolle er es sich noch einmal überlegen, das Halbdunkel behagte ihm offensichtlich nicht. Großvater Franz ergriff das Wort, begrüßte den Sultan mit einer blumigen Rede, hob hervor, durch wie viele Länder sie gereist seien und erläuterte, was gleich zu sehen sein werde. Seine Rede auf Französisch spickte er mit einfachen türkischen Worten, die er schon gelernt hatte. Abdülhamid zeigte sich teilnahmslos, er blickte abwesend umher, sein Gesicht verriet keine Regung, als habe er nichts gehört. Dann übersetzte der Dolmetscher, obwohl der Sultan doch ein wenig Französisch sprach. Franz Prohaska brach der Schweiß aus, denn von seiner ganzen Rede wurden dem Sultan allenfalls zwei Sätze wiedergegeben. Dann jedoch bewegte sich jener kleine Finger erneut und der Dolmetscher sagte:

»Seine Durchlaucht fragt: Wann fangen Sie endlich an?«

Da gab es kein Zurück mehr. Rudi Prohaska drehte die Kurbel an der Kinoapparatur, die Bilder begannen zu laufen. Der Sultan jedoch schien nichts wahrzunehmen. Die vorgeführten Schwänke sah er sich mit leerem Blick, ja sogar gelangweilt an. Gleichgültig zeigte er sich auch, als die nächste Rolle eingelegt wurde. Auch die dritte brachte keine Änderung ... Erst die vierte Filmrolle, ein Gesicht, dessen Mimik nicht einmal komisch war, vielmehr Trauer nachahmte, erst dieser Teil der Vorführung weckte die Aufmerksamkeit des Sultans und entlockte ihm ein wehmütiges Lächeln. Ab dem Moment begann er an der Vorführung sichtlich Gefallen zu finden. Und immer öfter zu lächeln. Auch bekam er Farbe im Gesicht. Und mitten im nächsten Film stand er zur Überraschung aller auf und streckte die Hand der Leinwand entgegen. Rudi Prohaska sah, wie über des Sultans kleine Hand Dutzende Menschen liefen, während er versuchte, sie an der Stirn, der Wange, den Lippen zu berühren ...

Dann räusperte sich Abdülhamid. Daraufhin räusperte sich auch sein Dolmetscher. Der Sultan drückte dem Jungen ein Goldstück in die Hand. Der Dolmetscher übergab dem alten Tschechen eine Pergamentrolle, eine Art Urkunde. Der Sultan begab sich zum Ausgang des Saals, schon wieder ängstlich und blass. Der Dolmetscher folgte ihm auf dem Fuß.

Die Vorführung war ein voller Erfolg. Während ihres Aufenthalts in Istanbul wurden Franz und Rudi Prohaska noch oft in den Palast Abdülhamids des Zweiten eingeladen. Er empfing sie immer wie ein freudloser Gefangener, sagte kein Wort, aber die Filme gaben ihm wenigstens vorübergehend das Gefühl, ein Mensch wie jeder andere zu sein.

Der Herbergswirt verlangte von den Tschechen nicht

mehr, sofort zu bezahlen, wiederholte stattdessen levantinisch schlau:

»Später, Effendi, später ... Ich schreibe alles auf, wir kommen schon miteinander klar ...«

EIN WÖRTERBUCH AUS DEM JAHR 1905

Sultan Abdülhamid der Zweite ging als ein sonderbarer Herrscher in die Geschichte ein. Einerseits führte er viele Neuerungen ein, die türkische Gesellschaft öffnete sich zunehmend, Reformen mehrten sich, Bücher wurden übersetzt, das Eisenbahnnetz erweitert ... Andererseits hielt Abdülhamid ängstlich an der alten Staatsordnung fest. Schon einige Tage, nachdem sie in Kraft getreten war, schaffte er die Verfassung wieder ab, löste kurzerhand das Parlament auf, um es erst Jahrzehnte später wieder einzuberufen. Gegner wurden überwacht. Denunziationen waren an der Tagesordnung. Es gab genug Arbeit für jene, die die Kunst beherrschten, leise eine seidene Schnur um den Hals zuzuziehen. Eine Sonderkommission sorgte dafür, dass bestimmte Ausdrücke und Namen nirgendwo mehr erschienen. »Freiheit«, »Revolution«, »Streik«, »Anarchie« wurden zu Unwörtern erklärt ... Andere Wörter wiederum wurden nicht verbannt, aber ein wenig anders interpretiert. Im ›Osmanischen Wörterbuch‹ aus dem Jahr 1905 lautete die Definition des Wortes »Demokratie«: Ein exotischer Vogel aus Amerika. Etwas weiter hinten im Alphabet wurde das Wort »Tyrannei« auf ähnliche Weise gedeutet. Der Verfasser des Wörterbuchs war offensichtlich auf die glorreiche Idee gekommen, einige unliebsame Ausdrücke als diesen oder jenen Vogel des einen oder anderen Teils der Erdkugel zu erklären.

In der Zeit, als Franz und Rudi Prohaska sich in Istanbul aufhielten, war das gerade erschienene Wörterbuch eine beliebte Zielscheibe des Spotts. Geradezu ein Volksvergnügen. Zuerst im Viertel Fener, dann in dem Teil der Stadt zwischen Beşiktaş und Rumeli Hisarı, ja sogar in der Großen Perastraße boten Händler unter der Hand die mit den merkwürdigsten Namen versehene »lebende Ware« an: Vögel aus Übersee, hauptsächlich Papageien aus Australien oder Südamerika.

»Demokratie«, flüsterten sie dem potenziellen Käufer zu, der einen Käfig mit einem prächtigen, bunten Papagei bewunderte.

»Tyrannei«, raunten sie einem anderen potenziellen Käufer zu, der den Käfig daneben mit einem etwas weniger prachtvollen Vogel in Augenschein nahm.

DEMOKRATIE, GÜNSTIG ZU HABEN!

Der Ladenbesitzer hieß Selim Baki Aksu. Er breitete unentwegt die Arme aus. Die beiden Fremden, den älteren Herrn und den Jungen, empfing er so überschwänglich, wie geschickte türkische Händler Kunden zu begrüßen pflegen, es hätte nicht viel gefehlt, und er hätte sie abgeküsst. Er vermittelte das Gefühl, dass er sein Geschäft nun schon über dreißig Jahre führte, nur damit eines Tages gerade diese beiden Tschechen es beträten und dort etwas kauften. Er klatschte in die Hände und schickte seinen Lehrling sofort hinaus auf die Straße:

»Kemal, du Tölpel, muss ich dir denn alles sagen, bring Tee, du Trottel! Wie willst du denn etwas verkaufen, wenn du da herumstehst wie ein Holzklotz …«

Ohne zu fragen, warum Franz und Rudi gerade seinen Laden betraten, begann er sofort Teppiche und Stoffe aufzurollen, Fese und Pantoffeln nebeneinanderzureihen, exotische Gewürze von einer Hand in die andere zu schütten, als er plötzlich bemerkte, dass der Junge einen der Vogelkäfige betrachtete. Selim ließ alles stehen und liegen, holte mit einem Haken an einem langen Stock den Käfig herunter, breitete die Arme aus, nannte den Preis und sagte, wobei er ein Auge zukniff:

»Demokratie, günstig zu haben!«

»Die Witze über das Wörterbuch kenne ich. Aber das ist doch nur ein Papagei. Es gibt schönere und größere. Außerdem ist er teuer«, sagte Franz Prohaska.

»Ein Papagei? Wo denken Sie hin! Das ist die Demokratie … Die schöneren sind nur schöner, die größeren nur größer, aber diesem kann der Junge das Sprechen beibringen!«, sagte Selim Baki Aksu und breitete wieder die Arme aus.

»Er ist teuer! Und woher soll ich wissen, dass dieser Vogel nicht die Tyrannei ist?«, erwiderte Franz Prohaska.

»Wieso teuer? Wie kann die Demokratie teuer sein?! Ich verkaufe ihn fast umsonst! Über andere Vögel können wir verhandeln, aber diesen gebe ich nicht so gern her. Ich will Ihnen etwas verraten: Die Tyrannei stolziert immer umher, sträubt ihr Gefieder und schweigt. Die Demokratie ist ein kleiner, unansehnlicher Vogel, aber wenn er eines Tages anfängt zu reden, dann … Hier, der Tee ist da! Kemal, du Tölpel, muss ich dir denn alles sagen, bring den Zucker, du Nichtsnutz … Wir sollten uns setzen und uns ein wenig unterhalten. Bedienen Sie sich bitte, nehmen Sie, so viel Ihr Herz begehrt, nehmen Sie ruhig ...«, sagte Selim Baki Aksu und breitete erneut die Arme aus.

Der Handel dauerte eine gute Stunde. Am Ende ging Selim mit dem Preis herunter und verkaufte den kleinsten Vogel »nur« drei Mal so teuer wie den größten Vogel in seinem Laden. Auf der Straße fragte Franz Prohaska seinen Enkel:

»Zufrieden?«

Rudi nickte.

»Jetzt hängt es von dir ab, was aus dem Vogel wird, was du ihm beibringst«, sagte Franz Prohaska. »Aber was meinst du, sollten wir uns nicht langsam auf den Heimweg machen? Mir reicht es, außerdem möchte ich nicht in der Fremde sterben. Deine Oma würde mir das nie verzeihen, sie hat schon ein Doppelgrab reserviert.«

EIN DUTZEND UND MEHR SPRACHEN

Allen Umständen zum Trotz – es ist die Liebe, die unser Leben bestimmt. Rudi Prohaska war viel in der Welt herumgekommen und hatte dabei den Sprachen gelauscht. In Prag ließ er sich zum Elektriker ausbilden. Zu Beginn des Ersten Weltkriegs wurde er in die Armee der Doppelmonarchie eingezogen. Er desertierte, floh nach Serbien und kämpfte auf der Seite des kleinen Königreichs. Dort blieb er auch, als das Vereinigte Königreich der Serben, Kroaten und Slowenen und danach das große Königreich Jugoslawien ausgerufen wurde, und fand eine Anstellung im Belgrader *Modernen Kino*. Auch heute noch fällt sein Name, wenn man über die Gründung der ersten

Kinosäle in Čačak, Kragujevac, Leskovac, Niš, Vranje, Tetovo, Štip, Skopje spricht … Im Jahre 1926 ließ er sich zunächst in Vrnjačka Banja nieder, verliebte sich dann aber in Mara aus Kraljevo und blieb für immer in der Geburtsstadt seiner Frau. Bis dahin hatte er sich nie von seinem Vögelchen, von dem Papagei mit dem Namen Demokratie, getrennt. Von nun an trennte er sich nicht nur nie von seinem Vögelchen, sondern auch nicht von Mara. Kinder hatten sie keine, als hätte der Herrgott befunden, dass ihnen ihre Liebe verglichen mit dem, was andere Menschen haben, völlig genüge.

Mara und Rudi waren ein bekanntes Paar in Kraljevo. Sie begeisterte die Leute mit ihrer Schönheit. Er mit seinen vornehmen Manieren, mit seinen Sprachkenntnissen und dadurch, dass er im Unterschied zu den hiesigen Angebern weit herumgekommen und dennoch kein bisschen eingebildet war. Das Vögelchen hielt er nie im Käfig, denn es war schließlich kein trauriges Haustier, sondern die Demokratie.

»Rudi, wie wäre es, wenn du dem Vogel einen anderen Namen geben würdest?«, fragte Mara. »Dieser ist im Augenblick wenig ratsam, die an der Macht könnten denken, dass du gegen sie bist. Außerdem bezweifle ich, dass dieser Papagei je sprechen wird. Du hast ihn schon über zwanzig Jahre, und er hat noch nie ein Wort gesagt. Er hätte Zeit genug dazu gehabt … Der Vogel schweigt einfach, kommt aber auch gar nicht dazu zu sprechen, weil er ständig frisst. Sobald ich im Garten etwas säe, kommt er und pickt es auf … Ein Wunder, dass er, wenn er so viel frisst, überhaupt noch fliegen kann. Außerdem mausert er sich, benimmt sich unanständig, macht mal da, mal dort sein Geschäft …«

»Mara, du bist in unserem Unternehmen die Seniorpartnerin

und entscheidest sonst über alles, aber der Name Demokratie bleibt«, antwortete Rudi. »Das Vögelchen hat zwar seine Stimme noch nicht vernehmen lassen, aber sie wird zu hören sein, wenn es dazu bereit ist, wenn es sich dazu entschließt … Und dann, Mara, dann wird die Stimme der Demokratie erschallen! Die Menschen reden alles Mögliche, und man vergisst es. Aber wenn das Vögelchen etwas sagt, auch wenn es nur ein einziges Wort ist, wird man es nie wieder vergessen. Und frei fliegen muss es, ich kann die Demokratie doch nicht in den Hühnerstall sperren, das geht nun wirklich nicht …«

Mara gab nach. Sie hatte ja keinen überschätzten Vogel, sondern einen Mann geheiratet. Und dieser Mann, Rudi Prohaska, liebte Mara auf ein Dutzend und mehr Sprachen. Oft sagte sie zu ihm:

»Komm, Rudi, hast du Lust auf Deutsch?«

Und er liebte sie auf dem athletischen Deutsch.

»Wenn du willst, magst mich auf Ungarisch lieben.«

Und er liebte sie auf dem pikanten Ungarisch.

»Liebling, wie wäre es jetzt auf Französisch.«

Und er liebte sie auf dem anmutigen Französisch.

»Wechsele jetzt zum Tschechischen.«

Und er liebte sie auf dem vertrauten Tschechisch.

»Mach es auch auf Bulgarisch.«

Und er liebte sie auf dem lieblichen Bulgarisch.

»Warte mal, langsam, übersetze es jetzt auf Türkisch.«

Und er liebte sie auf dem unberechenbaren Türkisch.

Danach lagen sie nackt nebeneinander und unterhielten sich. Rudi kam manchmal durcheinander und verwechselte die Sprachen, dann mahnte Mara ihn:

»Rudi, auf Serbisch, jetzt auf Serbisch.«

Und er liebte Mara auf dem geschwätzigen Serbisch.

Das ist eine wunderbare Sprache, in ihr kann man nach Herzenslust über alles reden, aber nur, wenn alles schon erledigt, wenn nichts mehr zu ändern ist.

SAG DOCH WENIGSTENS DEINEN NAMEN

Mara und Rudi führten Filme vor. Nachdem der Schuhmacher Laza Jovanović mit seinem Hotelvorhaben gescheitert war, pachteten sie den großen Saal und die Gartenwirtschaft des Hotels *Jugoslavija* und gründeten das Unternehmen *Uranija*.

Sie beauftragten einen tollkühnen Schornsteinfeger mit dem Spitznamen Mispel, die Decke zu entstauben. Der verstrickte sich in einem Gewirr von Seilen und Flaschenzügen, hing kopfüber, schaukelte und schaukelte, dass alle fast die Nerven verloren. Man wartete nur darauf, dass er herunterfiel und wie eine echte Mispel aufplatzte. Aber am Ende kam er doch heil wieder herunter, froh, dass er das Weltall aus Gips mit seinen Planeten und Gestirnen wieder in Ordnung gebracht hatte.

Dann stellten die Pächter mit Samt bezogene Sessel auf und besorgten die notwendigen Geräte. Mara war Seniorpartnerin und Kassiererin. Rudi war Juniorpartner, dazu Verwalter, Programmleiter, auch technischer Direktor, Berater all der Genannten und obendrein noch Filmvorführer.

Sie engagierten auch noch einen jungen Mann, der sollte die Eintrittskarten abreißen, Platzanweiser spielen, die Schachteln mit Filmrollen vom Bahnhof abholen und in der Stadt

Plakate kleben. Diesem Simonović, der von wer weiß woher nach Kraljevo gekommen war, behandelten sie wie einen Sohn, überließen ihm für die erste Zeit ein Kabuff hinter dem Kino und ließen ihm von dem glupschäugigen Schneider Krasić eine Uniform anfertigen, wie sie nicht einmal Generäle hatten.

Die Einwohner von Kraljevo gingen gern ins *Uranija*. Inzwischen wurden viele Kinos eröffnet und geschlossen, doch nur im *Uranija* wurden die Besucher wie an der Himmelspforte empfangen. Außerdem redeten die schöne Mara und Herr Rudi so leidenschaftlich über die Filme, als hätten sie sie persönlich gedreht, als wären sie nicht in den fernen Studios von Hollywood, in Frankreich, auf dem Gelände der deutschen UFA oder später in der italienischen Cinecittà entstanden.

Vor dem Kinosaal war eine mannshohe Holztafel aufgestellt, die Rudi Prohaska für jeden neuen Film mit weißer Farbe übermalte, um darauf den aktuellen Titel und die Namen der Darsteller zu schreiben. Wenn man jedoch genau hinsah, konnte man unter den verschiedenen Schichten noch die Namen der Schauspieler und die Titel der Filme erkennen, die bis dahin gezeigt worden waren:

›Die Zehn Gebote‹ *›Goldrausch‹*
Jean Gabin
La Jana Sybille Schmitz
Dolores del Río Mae West
Marlene Dietrich Dita Parlo
Clark Gable
›Ben Hur‹ ›Der schwarze Korsar‹
›Der Kaiser von Kalifornien‹
›Pat und Patachon im siebten Himmel‹

›Der kleine Cäsar‹ Charlie Chaplin
Rudolph Valentino Max Linder
›Mata Hari‹ ›Der blaue Engel‹
›Der Kongress tanzt‹ ›Die Nacht der Entscheidung‹
Pola Negri
›King Kong‹ *Greta Garbo*
Adolphe Menjou Louis Jouvet
›Königin Christine‹
›Die 42. Straße‹ Shirley Temple
Gary Cooper ›Skandal in der Oper‹
›Unter Piratenflagge‹ *›Anna Karenina‹*
›Eine Dame verschwindet‹ Hedy Lamarr
Emil Jannings Hans Moser
›Postkutsche‹
›Broadway-Melodie‹ ›Vom Winde verweht‹
›Der Tag bricht an‹

Und es kann nicht häufig genug betont werden: Wenn er nicht mit Mara turtelte und keine Filme vorführte, brachte Rudi Prohaska der Demokratie das Sprechen bei:

»Sag doch, bitte, wenigstens deinen Namen.«

VON DER ZEHNTEN BIS ZUR ACHTZEHNTEN REIHE

TSIIIIII ...

In der zehnten Reihe saßen gewöhnlich die angesehensten Besucher des *Sutjeska*. Doch nichts währt ewig. Vor allem nicht hierzulande. So geriet auch dieses ungeschriebene Gesetz Anfang der siebziger Jahre allmählich in Vergessenheit, die zehnte Reihe wurde immer öfter von den stadtbekannten Rowdys belegt, von Kerlen, mit denen man lieber nichts zu tun haben wollte. Sie fläzten sich übermütig in die Stühle, machten die Beine lang, legten ihre Arme ausgebreitet über die Nachbarlehnen, als wollten sie jedem klar zu verstehen geben, dass diese privilegierte Sitzreihe allein ihnen gehöre. Denen, die das nicht kapieren wollten, blafften sie kurz zu:

»Besetzt!«

Aber es konnte auch noch schlimmer kommen. Wenn Krle, einer der gefährlichsten unter ihnen, dabei war, konnte man sicher sein, dass ein Zuschauer die ganze Zeit würde stehen müssen. Krle suchte sich nämlich stets ein Opfer aus, folgte ihm durch den ganzen Kinosaal und behauptete bei jedem Sitz, er sei belegt. Damals bereits ernsthaft schwermütig, tat der Platzanweiser Simonović so, als gehe ihn dies nichts an, als bemerke er nichts. Wenn der Drangsalierte es aber zufällig wagte, seine Hand nach einem Sitz auszustrecken, drohte Krle ihm mit eisiger Stimme:

»Beim Leben meiner Mutter, probierst du das noch einmal, dann fließt Blut. Ich schneide dir die Hand auf dem Abrichter ab.«

Das ging so mehrere Male, bis sich der Arme, völlig verunsichert, mit flehender Stimme vernehmen ließ:

»Also gut … Aber wo kann ich mich denn hinsetzen?«

Der »hilfsbereite« Krle machte sich dann daran, angeblich systematisch und immer besorgter den halb leeren Saal des *Sutjeska* zu durchkämmen, um schließlich mit hilflosem Achselzucken festzustellen:

»Bedaure. Nirgends ist ein Platz frei. Wie es ausschaut, wirst du stehen müssen!«

Die Tortur endete damit, dass das Opfer entweder beschloss, das Kino zu verlassen (was man ihm meist verwehrte), oder sich den ganzen Film im Stehen von der Seite aus anzusehen, wobei er das Gewicht immer wieder vom einen auf den anderen Fuß verlagerte.

So bekam Krle den Spitznamen Abrichter. Allerdings war das technisch nicht korrekt, denn er meinte eigentlich die Maschine zum Schneiden von Bauholz, die Kreissäge. Was dem Unglückseligen, dem das Abhacken der Hand und das Verspritzen von Blut in Aussicht gestellt wurde, letztlich egal war. Dem ging noch lange danach allein die Vorstellung davon durch Mark und Bein. Er musste außerdem grobe Scherze über sich ergehen lassen. Straßenjungen, die Krles von morgen, riefen ihm im Vorbeigehen ein lang gezogenes »Tsiiiiii« zu, wobei sie langsam beide Arme vor sich streckten, wie wenn sie etwas gegen ein sich immer schneller drehendes, nicht mehr aufzuhaltendes Sägeblatt schöben.

AVE, CAESAR, MORITURI TE SALUTANT

Um Unannehmlichkeiten mit dem Abrichter und seinen Kumpanen aus dem Weg zu gehen, mieden die vorsichtigeren Kinobesucher auch die elfte Reihe. Nur die Juristen brachten die Courage auf, sich dort hinzusetzen. Denn hatten die Kerle aus der zehnten Reihe auch noch nichts mit den Gerichten zu tun, so wussten sie doch, dass sie irgendwann einmal einen Rechtsanwalt brauchen würden. Einer der besten Anwälte, Lazar Lj. Momirovac, ein Brocken von einem Mann, saß gerade dort, in der elften Reihe. Er befasste sich nur mit Schwerverbrechen wie Mord und Vergewaltigung. Kleine »Gaunereien« in den Betrieben, das Fälschen von Essensmarken, hysterische Ehescheidungen oder ein Jahrzehnte währender Bruderstreit um einen Maulbeerbaum interessierten ihn nicht. Er war ein düsterer, stets ernster Mann, vielleicht weil er wusste, wozu der Mensch fähig ist.

Schrecklich war die Art, wie Lazar Lj. Momirovac die Menschen ansah, als lese er ihre Gedanken, als könne er erraten, wer zu welchem Verbrechen fähig ist. Er pflegte zu sagen, jeder Mensch verbüße von der Geburt bis zum Tod eine Bewährungsstrafe. Herzlich lachen konnte er nur bei der Wochenschau. Darin gefielen ihm insbesondere die Sequenzen über die Auslandsreisen unseres Präsidenten.

Josip Broz Tito war öfter auf Reisen als andere Staatsmänner der Welt, ständig wurde er zum Flughafen gebracht oder vom Flughafen abgeholt, wobei er, wenn das Wetter es einigermaßen erlaubte, gemütlich in einem Cabriolet saß und gönnerhaft der die Straßen säumenden Menschenmenge zuwinkte. Man erzählt sich, dass er oft nicht wusste, ob er sich auf Hin- oder auf Rückreise befand (was übrigens auch anderen Staatsmännern passiert, weil sie wegen der Sorgen um die Probleme der Welt keine Zeit haben, sich um die Belanglosigkeiten des alltäglichen Lebens zu kümmern). Deshalb wurde beim Protokoll eine Vertrauensperson damit beauftragt, aus den ihr zugänglichen Informationen zu schließen, um welche von diesen beiden Situationen es sich gerade handelte, und dem Präsidenten zuzuflüstern:

»Genosse Tito, unseres Wissens sind Sie soeben dabei, abzureisen …«

Oder:

»Genosse Tito, alle Analysen sprechen dafür, dass Sie sich jetzt auf der Heimreise befinden …«

In den meisten Fällen akzeptierte Tito diese Feststellungen. Aber es kam auch vor, dass er störrisch eine andere Meinung vertrat. Vielleicht wollte er gelegentlich zu verstehen geben, wer das Sagen hatte, oder vielleicht machte es ihm Spaß, heimlich zu beobachten, wie seine Untergebenen sich in ihrer Not drehten und wendeten.

Bisweilen allerdings gab es keine Wahl: Der Bevölkerung musste die Abreise als Rückreise serviert werden. Oder umgekehrt. Was gar nicht so einfach war. Das waren Operationen, die eine hohe Geheimhaltungsstufe erforderten. Außerdem musste man Hunderte von Menschen auftreiben sowie ein weiteres Flugzeug mit einer neuen Besatzung, eine zweite Flugkontrolle, eine zweite Filmmannschaft für die Wochenschau, neue Motorradfahrer für die neue Eskorte und neue die Straßen säumende Kinder aus anderen Schulen … Man munkelt sogar, dass man für solche Fälle ein Land erfunden hatte, wohin Tito nach Lust und Laune fahren oder aus dem er zurückkommen konnte. Ein ganzes Land mitsamt seiner Bevölkerung, seiner Landessprache, seiner Geographie, seiner ruhmreichen Geschichte, seiner aufstrebenden Wirtschaft, seinen bunten, volkstümlichen Handarbeiten, seinen exotischen Früchten und einem lächelnden Präsidenten, der Tito immer freundschaftlich empfing oder verabschiedete. Unsere Staatsspitze und unsere Journalisten mussten dabei so tun, als bemerkten sie nichts. Das fiel nur beim ersten Mal schwer, als es galt, den Stolz zu überwinden. Später gewöhnten sich unsere Staatsfunktionäre daran und waren sogar imstande, noch größere Demütigungen einzustecken. Und unsere Journalisten schrieben, was das Papier hielt, die Berichte flossen nur so aus ihren Federn. Die Staatssicherheitsleute mussten sie sogar ermahnen, sich knapper zu fassen – ein Staatsbesuch sei doch nicht dasselbe wie eine Jagd auf Wildschweine oder Bären.

»Ave, Caesar, morituri te salutant!« – solche und ähnliche Sprüche auf Lateinisch gab der Rechtsanwalt Momirovac zum Besten, und zwar in einem solchen Ton, dass auch den Zuschauern im *Sutjeska*, die ihre Bedeutung nicht verstanden, klar war, dass es sich um bissige Bemerkungen handelte.

Ein Buchhändler rieb sich deswegen zufrieden die Hände. Er hätte sich nicht einmal im Traum vorstellen können, wer die Abnehmer der klassischen Literatur sein würden. Denn der Staatssicherheitsdienst bestellte bei ihm mehrere Exemplare von Albin Vilhars ›Lateinische Zitate‹ (schöne Ausstattung, fest gebunden, herausgegeben von der Matica Srpska, erschienen in der Reihe »Nutzen und Vergnügen«). Das Buch war mit einem Lesebändchen ausgestattet, das es den Sicherheitsbeamten leichter machte, nachzuschlagen, was »dieser Tschetnik« während der Wochenschau ausrief. Dennoch hatte keiner von ihnen den Mut, ihn festzunehmen. Selbst die Hüter der staatlichen Ordnung fürchteten Lazar Lj. Momirovac.

Ja, anders als der Genosse Avramović, der im Einklang mit seiner linken Überzeugung an der äußersten Linken seiner Reihe saß, beharrte »dieser Tschetnik« trotzig auf der äußersten Rechten der elften Sitzreihe.

Und noch ein weiteres Unterscheidungsmerkmal gab es: Momirovac war der Einzige, der dem alten Platzanweiser Simonović Respekt zollte. Er betonte immer wieder, wir alle wüssten nicht, wer da unter uns weile, und bekräftigte, um nichts auf der Welt würde er mit ihm tauschen wollen.

»Und das wäre euch bei Gott auch nicht zu wünschen! So duldsam wie Herr Simonović wäre ich nicht! Ich würde euch allesamt hinausschmeißen und mich selbst dazu!«

BESSER ALS ICH

Mit der üblichen zehnminütigen Verspätung setzte sich, nachdem sie sich wie jedes Mal in dem schweren Vorhang an der Tür verheddert hatte, die Musiklehrerin mit dem seltsamen Familiennamen Nutzlos und dem noch seltsameren Vornamen Elodija in die zwölfte Reihe. Sie kam immer zehn Minuten nach Beginn des Films und verließ das Kino zehn Minuten vor dem Ende, wobei sie sich ebenfalls wieder in dem Samtvorhang verhedderte. So ging es jedes Mal. Keiner wusste, warum. Vermutlich weil sie schüchtern war. Ihr Auftritt war von einem leisen Rascheln begleitet, wie wenn aus einer Hecke am Rande eines Felds eine Wachtel hervorlugt. Ein Blick in das Matrikelbuch der Gemeinde hätte verraten, dass sie nicht verheiratet war. Sie brachte den Kindern fleißig das Chorsingen bei, obwohl sie an einer »Zwerchfellverkrampfung« und daher auch an einer »stets vom Lampenfieber verengten Kehle« litt. Sie las sentimentale Romane, liebte *Melodija*-Schallplatten und ging gern ins Kino. Mit Verspätung. Allein. Das war Elodija Nutzlos. Ansonsten war sie sehr schön und sehr mager. Sie mutete an wie eine grandios und vielversprechend begonnene, aber nie vollendete Komposition. Als würden in einer Partitur dem Violinschlüssel, der Taktangabe und dem Tonartvorzeichen gerade noch zwanzig Noten folgen.

Überhaupt schien die zwölfte Reihe Musikliebhabern vorbehalten zu sein. Dort saß auch immer ein gewisser Njegomir, ein dicker, abgehalfterter Rockmusiker, notgedrungen jetzt nur noch Trommler bei Hochzeiten und Abschiedsfeiern für Rekruten. Er schleppte immer ein Heft mit sich herum, genauer den Terminplaner des Gemeindekomitees des Bundes der sozialistischen Werktätigen (man weiß ja nie, wann man einen genialen Einfall hat), um darin »neue Rhythmen« festzuhalten. Da er aber über keine entsprechende musikalische Ausbildung verfügte, waren diese Einträge rein beschreibender Natur: »Trukutu, trukutu … kss-kss … tutula-tutula … pss-pss!« Und als wäre das noch nicht genug, wurde Njegomir für seine Worte berühmt, die er aussprach, nachdem er Kepa, den legendären Schlagzeuger der Gruppe Smak, gehört hatte:

»Wow, der schlägt ja noch besser als ich!«

Die magere Elodija Nutzlos und der dicke Njegomir unterhielten sich manchmal im Kino ganz leise über die Filmmusik. Man hörte sie tuscheln, etwas in der Art wie:

»Ennio Morricone ist …«

Aber obwohl Njegomir sie inständig bat, bis zum Schluss zu bleiben, damit sie ihre Unterhaltung zu Ende führen könnten, stand Elodija Nutzlos doch immer etwa zehn Minuten vor dem Abspann auf und verschwand. Man hörte dann nur ein kurzes Rascheln, als verkrieche sich eine erschrockene Wachtel in einer Hecke am Rande eines Felds.

EIN DUNKELROTER TROPFEN SIEGELWACHS

Ach, die Unglück bringende dreizehnte Reihe! Nur Oto wagte es, sich dort hinzusetzen. Man meinte, Oto habe so wenig Glück, dass ihm auch die unheilvolle dreizehnte Reihe nichts mehr anhaben könne. Er lebte davon, dass man ihn in dem großen Schalterraum der Post gewähren ließ. Da wuselte er herum und schien immer sehr beschäftigt zu sein. Für andere, weniger geduldige Menschen stand er Schlange, um eine Rechnung zu bezahlen, einen Antrag abzugeben oder eine Bitte vorzutragen. Er verpackte größere Sendungen für andere »für gerade so viel, wie Sie bezahlen können«. Oto lief schlampig gekleidet herum und rasierte sich nur einmal in der Woche, seine Pakete aber verrieten ein besonderes, ein künstlerisches Geschick.

Ja, das waren keine gewöhnlichen Verpackungen. Zunächst

gab es da eine entsprechende Schachtel, meist eine Schuhschachtel oder ein Geschirrkarton, dann einen Bogen blaues Papier, gerade so groß wie nötig, danach die Kordel und schließlich diese Hände, die sie verschnürten. Nicht einmal für ein anständiges Trinkgeld band man in einer Entbindungsstation die Nabelschnur so sorgfältig ab, nicht einmal die erfahrensten Hebammen wickelten die Neugeborenen so behutsam ein … Ganz zum Schluss kam dann wie ein einzigartiges Muttermal ein dunkelroter Tropfen Siegelwachs darauf. Und Otos Feststellung:

»Gemacht-gepackt. Ein solches Paket würde Oto auch gerne bekommen!«

Das geschah natürlich nie. Oto hatte keine Verwandten. Sein ganzes Leben stand er Schlange für andere, packte Pakete für andere und versandte sie für andere. Man meinte, einer der Gründe für sein trauriges Los sei, dass er nicht besonders hell im Kopf war. Obwohl er das immer nuschelnd abtat:

»Alle glauben, Oto doof, aber Oto lacht nur, lacht.«

Andererseits war man davon überzeugt, er habe ein glückliches Händchen. Die Leute, für die Oto einen Schein zur Teilnahme an irgendeinem Preisausschreiben abgab, gewannen meist etwas – einen Staubsauger, einen Farbfernseher mit Antenne oder einen Aufenthalt in Vrnjačka Banja für zwei Personen. Oto selbst bekam nie etwas. Obwohl er Hunderte Kupons, gelöste Kreuzworträtsel oder Bierflaschendeckel verschickte, bekam er nicht einmal einen Trostpreis, nicht einmal ein Transistorgerät mit einem Kopfhörer für nur ein Ohr oder ein weißes kurzärmeliges T-Shirt, nicht einmal eine armselige Packung Wäscheklammern.

Oto hatte keine Angst vor der dreizehnten Reihe, alles andere aber fürchtete er. Die Filme sah er sich so oft an, wie sie gezeigt wurden, ließ nicht einmal die Matineevorstellungen aus, wobei er sich bei »grausigen Szenen« immer die Hände vor die Augen hielt.

ZUGEGEBEN, DAMALS WUSSTE ICH NICHT, WIE SIE HIESSEN

Die vierzehnte Reihe. Schüler. Sie hatten das gleiche Alter, doch unterschiedliche Interessen.

Petronijević. Resavac. Stanimirović.

Jeder für sich. Sie besuchten nicht einmal dieselbe Schule. Die Landwirtschaftsakademie. Die Technische Schule. Das Gymnasium. Sie kannten sich nicht einmal.

Zugegeben, damals wusste ich nicht, wie sie hießen. Und ahnte auch nicht, dass sie von links nach rechts in genau der alphabetischen Reihenfolge saßen, in der etwa zwanzig Jahre später ihre Namen auf einer Liste von Kriegsgefallenen stehen würden. Genauso wenig wusste ich damals, dass jeder von ihnen ins Kino gekommen war, ohne dieselbe Geschichtslektion gelernt zu haben, obwohl ihre Lehrer an den verschiedenen Schulen ihnen angekündigt hatten, sie würden am nächsten Tag mit dem Abfragen beginnen und die Schlussnoten festlegen.

»Aber ich weiß doch schon alles!«, mag Petronijević seinen Eltern gesagt haben, bevor er durch die Tür entwischte.

»Keine Sorge! Ich lese mir alles noch einmal durch, wenn ich heute Abend zurück bin!«, mag Resavac den Seinigen feierlich versprochen haben.

»Jetzt soll ich Geschichte büffeln? Und bis zum nächsten Mittwoch alles wieder vergessen? Am Montag fängt sie an, uns in alphabetischer Reihenfolge abzufragen. Ihr habt keine Ahnung, wie langsam diese Lehrerin ist. Nicht umsonst nennt man sie die Hundertjahrfeier. Am Ende der Stunde ist sie dann gerade mal beim Buchstaben D!«, mag Stanimirović seiner Familie versichert haben.

Und so weiter. Die drei sind jeder für sich zum *Sutjeska* abgedüst, um sich irgendeinen, gleich welchen Film anzusehen, statt die langweilige Geschichtslektion zu pauken. Allerdings wird die Geschichte sie zwanzig Jahre später einholen und auf einer Gedenktafel für die Gefallenen vereinen.

WARTE HIER AUF MICH

In der fünfzehnten Reihe saß ganz gelassen die krausköpfige Tršutka. Später, Anfang der neunziger Jahre, ist sie ins Ausland gegangen und hat ihren Vor- und Familiennamen geändert, weshalb ich sie hier nur bei ihrem damals aktuellen Spitznamen nenne. Die Tršutka war ein Pfundskerl. Nicht dass sie keinen Freund hatte, aber es machte ihr nichts aus, allein ins Kino zu gehen. Sie war unberechenbar. Es hätte mich nicht gewundert, wenn sie auch an diesem Sonntagnachmittag 1980 vor dem Kino einen liebestollen Verehrer mit folgenden Worten verabschiedet hätte:

»Was himmelst du mich so an, du Idiot? Ich will mir diesen Film allein und in Ruhe anschauen. Du gefällst mir zwar, aber ich möchte nicht gestört werden, ich mag nicht, dass du ständig an mir herumfummelst und mir ins Ohr pustest. Warte hier auf mich, nachher können wir es uns im Dunkeln am Ufer des Ibar gemütlich machen ...«

Und der wartete wahrscheinlich geduldig und wurde, während er vor dem *Sutjeska* auf und ab ging, von Milkinac Bubble Gum und dem Kerneverkäufer Dalipi Vebi ununterbrochen mit Angeboten überschüttet:

»Hier ein Bubble Gum für das ›Nachher‹ im Dunkeln! In den United States und überhaupt in der zivilisierten Welt ist heute die Frische am wichtigsten, der erste Eindruck!«

»Quatsch! Junger Mann, gib kein Geld für Kaugummi aus, nimm lieber eine Tüte Erdnüsse. Hier, Onkel Dalipi schenkt dir welche, und du wirst sehen, die geben dir Kraft!«

Und der wartete wahrscheinlich geduldig. Aber was sind schon zwei Stunden bitteres Ausharren samt Spott der beiden Verkäufer und aller Passanten gegenüber auch nur fünf seligen Minuten zusammen mit der Tršutka. Das Leben verlangt manchmal viel größere Opfer.

Die Tršutka war unberechenbar. Sie liebte es, Ungleiches miteinander zu kombinieren. Das zeigte sich insbesondere in der Wahl ihrer Kleidung. Sie stibitzte bei ihrer Großmutter (bei der sie nach dem Tod ihrer Eltern lebte) deren gut erhaltenen kleinen Hut aus der Jugendzeit (Filz feinster Qualität, weinrotes Ripsband, solide Belgrader Vorkriegsware aus dem Salon *Pariser Filiale*), nahm auch Omas lange Handschuhe (aus beigefarbenem Samt, an den glockigen Enden mit Steppnähten verziert) und dazu noch Omas einzig verbliebene Halskette (Feinarbeit des Juweliergeschäfts M.T. Stefanović, Silber vergoldet, mit einem blutroten Hämatit). Alles Übrige stammte von *Beko* (Konfektion aus hiesigem Jeansstoff). Und obwohl das alles der

Beschreibung nach überhaupt nicht zusammenpasste, wirkte es an der Tršutka höchst elegant.

Einmal wollte Krle der Abrichter seine Härte an der Tršutka demonstrieren. Sie war es, der er nicht erlauben wollte, sich im Kino hinzusetzen, und ihr dabei mit den Worten drohte:

»Beim Leben meiner Mutter, Kleine, wenn du auch nur noch einmal den Sitz herunterklappst, hole ich den Apparat und hacke dir beide Hände ab!«

Die Tršutka aber zog daraufhin nur ihren oder besser gesagt Omas eleganten Handschuh aus, hauchte auf die Handfläche und erwiderte kühl:

»Was du nicht sagst! Dann muss ich dir gleich eine kleben!«

Krle der Abrichter wurde rot, grinste zunächst, wurde dann ernst und trat einen Schritt zurück:

»Was hast du denn? Bist du übergeschnappt? Beim Leben meiner Mutter, das war doch nur ein Spaß! Wo steckt jetzt wieder der alte Knacker Simonović? Er sollte diese Göre rausschmeißen!«

EIN NATÜRLICHES BEDÜRFNIS

Die Tršutka saß in der fünfzehnten Reihe, die sechzehnte und die siebzehnte wurden von anständigen Leuten gemieden. Wegen der achtzehnten. Dort ließen sich nämlich immer Liebespaare nieder, die miteinander knutschen wollten. Die Ćirić und der Seekadett Uskoković, der seine Ausbildung in der Automobileinheit in Kraljevo machte. Fasan und Christina. Caca die Hauptmännin und Džidžan.

Der bedeutend ältere Čekanjac war allein, er kam nie in Begleitung. Er saß in der achtzehnten Reihe, weil er gern sah und hörte, wie sich die jungen Leute küssten. Er war die ganze Zeit unruhig, zappelte herum, schaute nach links und nach rechts, rutschte auf dem Stuhl hin und her, kratzte sich, zog seinen Scheitel gerade, bückte sich, um die Schnürsenkel zu binden, war aber im Grunde nur scharf darauf zu sehen, was die Paare miteinander trieben.

Überhaupt wollte Čekanjac immer wissen, was andere Leute besaßen und womit sie sich beschäftigten. Schon als er ein kleiner Junge war, gab es keinen Topf, dessen Deckel er nicht hochhob, keinen Brief und keine Stromrechnung eines Nachbarn, die er nicht mit einem Eisstiel aus dem Briefkasten herausfischte und las, später auch keine fremde Brieftasche, in die er an der Kasse eines Lebensmittelgeschäfts oder an einem Bankschalter nicht hineinschielte. Zeitungen, selbst wenn er eigene hatte, las er ausschließlich über die Schulter anderer Leute hinweg.

Kaum jemand weiß jedoch, dass dieser Wissensdrang bei Čekanjac durch ein Ereignis im Jahre 1954 ausgelöst wurde, als er in der zweiten Klasse des Gymnasiums war. Damals betrat eine neue Geographielehrerin das Klassenzimmer, eine Brünette im reifen Alter, gut gepolstert überall dort, wo jede Frau Rundungen haben sollte. Man munkelte von ihrem einflussreichen Mann in Belgrad, der sich eine andere, eine jüngere Frau angelacht habe. Seine erste Frau habe er nicht nur verlassen, sondern durch Beziehungen zum Kultusministerium erwirkt, dass sie nach Kraljevo versetzt wurde. Er wollte ihr nicht einmal zufällig auf der Straße begegnen, und da er über Einfluss verfügte, ließ er sie weit weg schicken. Die neue Geographielehrerin kam auf jeden Fall tatsächlich aus der Hauptstadt, sie kleidete sich aufreizender und lachte freier, und kaum hatte sie ein Wort mit ihren bierernsten Kolleginnen in Kraljevo gewechselt, wollten diese schon nichts mehr mit ihr zu tun haben. Vielleicht waren die Versetzung in die Kleinstadt und die Einsamkeit der Grund, dass sie sich während des Unterrichts etwas sonderbar benahm: Oft ließ sie einen Bleistift auf den Boden fallen, und während ein hilfsbereiter Schüler sich bückte, um ihn aufzuheben, saß sie nicht eben sittsam da. Mag sein, dass dies anfangs nicht beabsichtigt war, dass der Rock nur zufällig etwas hochrutschte und ihre Knie bloß legte ... Sicher aber ist, dass sie, nachdem sie die Jungs erröten sah, es fortan absichtlich tat. Die Schüler wetteiferten miteinander im Aufheben der Stifte, jeder wollte in der ersten Bank sitzen, weil man von dort die bessere »Startposition« hatte. Sie wiederum ließ wie vom Teufel geritten den Bleistift absichtlich unter das Pult fallen und saß immer unsittlicher da – der Rock rutschte von Mal zu Mal höher, zuerst knapp über die Knie, dann zum Anfang der Oberschenkel, dann bis zum Rand der Nylonstrümpfe, weiter bis zu den Strumpfhaltern und schließlich bis zu der Stelle, wo die nackte Haut hell schimmerte ... Bis zum Ende ging sie dann doch nicht, aber sie sorgte dafür, dass alle gleich oft drankamen. So rief sie aus:

»Heute wird Čekanjac mir den Stift reichen!«

Wenn Čekanjac sich dann erhob, jedes Mal rot bis über beide Ohren, lachte sie herausfordernd und sagte:

»Dank dir, Čekanjac, du bist ein Goldstück, das rechne ich dir hoch an!«

Jemand reichte eine Beschwerde ein. Daraufhin wurde die Geographielehrerin in ein noch entlegeneres Städtchen, ja in ein Provinznest versetzt – man kann eben immer noch tiefer fallen. Es steht außer Zweifel, dass alle Schüler sie in Erinnerung behielten, doch für Čekanjac wurde sie schicksalhaft. Ihm blieb der Zwang, immer und überall hineinzulugen, so tief es nur ging …

Anfangs wollte man Čekanjac aus dem *Sutjeska* werfen, aber da er sich und sein »natürliches Bedürfnis« hartnäckig verteidigte, gewöhnten sich mit der Zeit alle an seine Anwesenheit. Einmal jedoch bekam er auf der Polizeiwache Prügel. Man hatte ihn wegen Voyeurismus angezeigt. Er behauptete, die ganze Zeit »Augen nur für den Film gehabt zu haben«, aber da er nicht imstande war, dem Polizeiinspektor den Inhalt des Films wiederzugeben, verpasste dieser ihm eine ordentliche Tracht Prügel. Nach dieser unangenehmen Erfahrung sah sich Čekanjac jeden Film mehrmals an. Das erste Mal verfolgte er nur die Handlung, ohne nach rechts und nach links zu blicken, um sie notfalls – man weiß ja nie – wiedergeben zu können. Doch beim zweiten Mal hielt er Ausschau, na, man weiß schon wonach.

An diesem Sonntag nach der Ćirić und dem Seekadetten Uskoković; nach Fasan und Christina; nach Caca der Hauptmännin und Džidžan.

Und dann immer wieder. In derselben Reihenfolge, aber viel gründlicher.

EIN ANKER IN EINEM NEST AUS LORBEERBLÄTTERN UND OLIVENZWEIGEN

Die Ćirić kam aus einer angesehenen Familie von Medizinern. Schon die Eltern ihrer Eltern waren Ärzte, die besten Studenten ihres Jahrgangs, die Besten in der Fachausbildung, sie hatten gemeinsam auch eine viel beachtete wissenschaftliche Abhandlung geschrieben. Sie liebte die Farbe Weiß. Je weißer – desto besser. Wahrscheinlich hing das mit der Familientradition zusammen. Unter deren Einfluss und völlig vom Weiß geblendet, verliebte sie sich in Uskoković. Die Kriegsmarine schickte damals die künftigen Offiziere zur Fahrschule nach Kraljevo. Uskoković trug natürlich eine blütenweiße Uniform. Er saß so gerade, als hätte er einen Besenstiel verschluckt, in der linken Hand (gemäß Dienstvorschrift behielt er die weißen Handschuhe an) hielt er auf dem Knie seine weiße Mütze, auf die ein in ein Nest aus Lorbeerblättern und Olivenzweigen eingebetteter Anker gestickt war. Die rechte Hand pflegte er in der aufgeknöpften, ebenfalls weißen Seidenbluse der Ćirić »tief zu verankern«. Die Ćirić seufzte, jede Faser an ihr war wie unter Spannung, sie streckte und beugte sich auf ganz merkwürdige Weise … Dabei glich sie einem Schiff, das einem wütenden Sturm ausgesetzt ist, der es bald grob gegen die Hafenmole wirft, bald seine Taue zu sprengen und es weit weg aufs offene Meer zu treiben droht.

Die Ćirić seufzte so stürmisch, dass die Nähte ihrer Seidenblusen platzten und die Knöpfe nur so herumflogen … (Allein Čekanjac hatte während solcher »Seefahrten« heimlich zweiundzwanzig Knöpfe aufgesammelt.) Später, bei stiller See, weinte sie untröstlich, flehte oder drohte gar hysterisch, sie würde sich in den erstbesten Fluss werfen, falls Uskoković bei den theoretischen oder praktischen Prüfungen nicht absichtlich Fehler mache, um so lange wie möglich an der Fahrschule in Kraljevo zu bleiben.

Wie jedem Mann schmeichelte das Uskoković. Aber er dachte nicht daran, wegen der Ćirić den Führerschein der Klasse B sausen zu lassen, der ihn berechtigte, außer Motorrädern Fahrzeuge zu lenken, deren Gewicht unter 3500 kg lag und bei denen die Zahl der Sitze, ausgenommen den des Fahrers, acht nicht überstieg. Eine Frau ist eine Frau. Aber ein Führerschein ist doch ein Führerschein. Männer darf man nicht in die Situation bringen, derart schwierige Entscheidungen treffen zu müssen.

WER STÜTZT HIER WEN

Fasan und Christina waren seit der Abschlussklasse der Grundschule ein Paar. Fasan galt als ein ausgemachter Lausbub, es gab keinen Streich, bei dem er nicht bereit war mitzumachen. Und Christina war die Tochter eines sehr frommen Mannes, der für die Eparchie in Žiča die Bücher führte. Himmel und Erde, könnte man sagen. Eine ziemlich rätselhafte Verbindung, die sich irgendwo in der Ferne, am Rande des alltäglichen Horizonts vollzog. Und bei der genau wie bei Himmel und Erde nicht zu erkennen war, wer hier wen stützte.

DIE BODENTRUPPE IST EINE WUCHT

Caca die Hauptmännin jedoch war »professionell« ganz auf das Heer ausgerichtet. Sie leistete ihm ihre Dienste gegen eine Netto-Vergütung in Deutscher Mark oder in amerikanischen Dollars, umgerechnet in den Gegenwert in Dinar beziehungsweise in die am Tag des mündlichen Arbeitsvertrags gerade gültige Landeswährung, entsprechend dem amtlichen Mittelkurs der Nationalbank der Sozialistischen Föderativen Republik Jugoslawien. Der variable Teil richtete sich nach erleichternden oder erschwerenden Umständen:

- 50% Rabatt für alle, die ihr einen Blumenstrauß, und sei er noch so bescheiden, mitbringen oder sich zusammen mit ihr in der Öffentlichkeit zeigen, auf der Promenade, in einem Restaurant, egal wo;
- 40% Rabatt für die Rekruten; schließlich ist das die neue Generation, man muss an die Zukunft des Landes denken;
- 30% Rabatt für alle, die es zweimal möchten;
- 20% Rabatt für die niederen Offiziersränge, die Zugführer und Fähnriche, denn ihr Sold ist bescheidener als der der höherrangigen Offiziere;
- 10% Rabatt für Leutnants und andere hohe Dienstgrade; ihr Sold ist zwar besser, aber sie tragen zu Cacas gesellschaftlichem Ansehen bei;
- der volle Preis für alle, die nichts tun, sondern später nur angeben möchten;
- 10% Aufschlag für alle, die nichts tun, sondern stattdessen nur reden wollen;
- 20% Aufschlag für alle, deren Geschichte nicht interessant ist; stellt sie sich dennoch als interessant heraus, wird lediglich der volle Preis berechnet;
- 30% Aufschlag für alle, die nicht nur erzählen, sondern auch schreiben – einen Roman, Gedichte oder Ähnliches;
- 40% Aufschlag für alle, die ihr, was sie geschrieben haben, auch noch vorlesen möchten: Was zu viel ist, ist zu viel;
- 50% Aufschlag für solche, die mündlich oder schriftlich über

die eigene Frau, den vorgesetzten Offizier, andere Schriftsteller oder den Staat herziehen, der ihnen die Ausbildung ermöglicht und eine Stelle verschafft hat und der ihnen eine anständige Sozial- und Krankenversicherung garantiert.

Bezahlung im Voraus. In bar. Die Scheine dürfen nicht abgegriffen sein. Keine Schecks. Kein Kredit. Keine Gratisleistungen. Und dennoch war es hundertprozentig gratis für einen verrückten Hauptmann Erster Klasse, den Gipfel ihrer Karriere, für den Mann, dessentwegen sie etwas zwischen einem Spitznamen und einem Dienstgrad verpasst bekam.

Caca die Hauptmännin war eifersüchtig auf die Ćirić aus der Ärztefamilie, weil sie meinte, diese spanne ihr die Kunden aus:

»Wie weit hätte ich es gebracht, käme ich aus einer solchen Familie!«

Sie verstand es auch, ihre eigene Sicht der Militärdoktrin darzulegen:

»Die Marine! Bah, was soll an der schon dran sein. Denen liegt mehr an ihrer blütenweißen Uniform als an einem richtigen Weib. Sie dürfen sich nicht einmal die Hosen an den Knien schmutzig machen. Die Bodentruppe hingegen liegt in den Schützengräben, robbt bei Wind und Wetter über die Erde, dringt hinter die feindliche Linie, nimmt Bunker ein, trifft, ohne lange zu zielen, direkt ins lebendige Fleisch … Das muss ich ja wohl am besten wissen! Die Bodentruppe ist eine Wucht! Sie ist die Stoßkraft der Armee! Die Marineangehörigen sind doch nur Mannequins … Ein Stoppelhopser, ein Infanterist – das ist ein echter Soldat!«

Džidžan, der neben ihr saß, war eine Art Kuppler, er vermittelte zwischen Caca und ihren Kunden. Ihm pflegte sie, ihn siezend, zu schmeicheln:

»Sie sind mein Zivilist im Dienste der Jugoslawischen Volksarmee.«

Džidžan genoss in dieser Eigenschaft auch sämtliche Vorteile, einschließlich eines Teils der »Geländezulage« bei jeder von Cacas »Gefechtsübungen«. Er legte großen Wert auf seine Kleidung, was bedeutete, dass er viel von teuren Anzügen und noch teureren Schuhen hielt, von einem Siegelring und einer Uhr mit einem elastischen Metallarmband, von einem Einstecktüchlein in der Brusttasche und einer Duftwolke. Den ganzen Tag spazierte er in der Stadt umher und fragte sich, was für einen Eindruck er wohl auf die Leute machte.

Hinter dieser Verbindung steckte noch etwas anderes. Wenn du so ein Leben führst wie Caca die Hauptmännin, brauchst du unbedingt jemanden, der von dir abhängt, koste es, was es wolle. Was sind da schon die Ausgaben für einen teuren Anzug, die Schuhe, den Ring, die Uhr, das Einstecktuch, das Fläschchen Kölnischwasser im Vergleich zu der Gewissheit, dass es jemanden gibt, der noch weniger wert ist als du.

NOCH EIN MANN UND NOCH WEITERE MENSCHEN

NOCH EIN MANN

Die achtzehnte war die letzte Reihe. Aber dahinter gab es doch noch einen Mann, der wenigstens teilweise zum Publikum zählte: den Filmvorführer Švabić. Auch er »verfolgte« den Film, wenn auch nur durch ein Fensterchen in der kleinen Kammer mit der Vorführapparatur. Man erzählt sich, dass Švabić seit seinem achtzehnten Lebensjahr, also seit zweiunddreißig Jahren, so aussah, als stünde er kurz vor der Pensionierung. Er zeichnete sich durch außerordentliche Langsamkeit aus und vermittelte den Eindruck, er habe schon vor langer Zeit irgendwohin aufbrechen wollen, sei jedoch wegen widriger Umstände an der Stelle kleben geblieben. Anders war es nur, wenn er sich anschickte, mit Slavica, der Kassiererin des *Sutjeska*, zu flirten. Die meiste Zeit während der Filmvorführung verbrachte er mit ihr. Gemeinsam mit ihr trank er übersüßen Mokka und stellte die Tasse mit dem angeschlagenen Rand auf den Kopf, um im Kaffeesatz die baldige Erfüllung seiner »kleinen Wünsche« zu entdecken. Nur hin und wieder sah er sich die Filme an. Etwa dreißig Meter von der ersten Rolle, fünfzig von der zweiten und, wenn es ihn mitriss, sogar hundert Meter von der dritten Rolle …

Nichtsdestotrotz war Švabić ein hervorragender Kenner der siebten Kunst. Tausende Abspanne bis hin zum letzten in winzigsten Buchstaben geschriebenen Namen kannte er auswendig. Seiner Meinung nach war bei der Produktion eines Films nicht der Regisseur die wichtigste Person. Voller Überzeugung verkündete er:

»Das Wichtigste ist die Montage!«

Deswegen und auch wegen seiner Angewohnheit, die Reihenfolge der Filmrollen durcheinanderzubringen, verpasste man ihm den Spitznamen Montage-Švabić. Er nahm es gelassen hin. Man erzählt sogar, er habe von der Filmgesellschaft *Avala-Film* einen ausgedienten Schneidetisch bekommen. Zu Hause soll er, auf einem Bürostuhl hockend, zum eigenen Vergnügen (mithilfe einer Schere und einer Pinzette, mittels Lackentferner und Klebestreifen, mit einer Gelenklupe und einem Tuch zum Entstauben der Filmbänder, ausgestattet mit Ärmelschonern und Baumwollhandschuhen sowie mit den »Galgen«, an denen man die Streifen aufhängt) Tag und Nacht entwendete Szenen und auch andere gnadenlos »amputierte« Teile verschiedener Filme geschnitten und zusammengefügt haben. Er soll an einem eigenen achtstündigen Werk gearbeitet haben, wie es die Welt bisher noch nicht gesehen hatte. So behauptete man wenigstens. Im *Sutjeska* wurden offiziell mehr Filmkopien ausrangiert als in sämtlichen Kinos Serbiens zusammen. Davon zeugten die »Abschreibungslisten«. Die Filmverleiher verzweifelten. Jede Filmrolle, die dem Montage-Švabić in die Hände fiel, kam um mindestens fünf, sechs Meter kürzer zurück. Vor der Inventarkommission verteidigte er sich mit den Worten:

»Na und? Was heißt das schon? Diesen Schwund nennt man Leckage. Den muss man doch einkalkulieren. Wenn es den in den anderen Branchen gibt, wenn er Metzgern zugestanden wird, müsste man ihn doch auch bei dieser Tätigkeit hinnehmen, etwa nicht?«

Švabićs Leidenschaft verlangte zweifellos große Geduld von ihm. Aber, wie schon gesagt, er hatte es nie eilig. Er rechnete, mit dem Ganzen bis zu seiner Pensionierung fertig zu werden. Was bedeutete, dass ihm für eine Filmminute etwa ein Monat Zeit zur Verfügung stand. Beziehungsweise für zwei Sekunden ein Tag. Anders ausgedrückt, an einem Tag musste er durchschnittlich achtundvierzig Bilder montieren.

Das war nicht wenig, aber auch nicht viel. Allerdings bestand die Arbeit nicht nur aus dem Schnippeln und dem Zusammenkleben. Bilder aus ganz unterschiedlichen Filmen mussten geschickt zusammengefügt werden, und das erforderte systematisches Arbeiten. Dieser Tätigkeit ordnete Švabić sein ganzes Haus unter. Zunächst nahm er nur das Dachgeschoss in Beschlag, aber nach dem Tod seiner Eltern, die bis zum letzten Atemzug über die Marotte ihres Sohnes entsetzt waren, machte er sich nicht nur in deren Schlafzimmer breit, sondern auch im Wohnzimmer und in der Küche. Für ihn war es am wichtigsten zu wissen, wo er was finden konnte. Vielleicht war das der Grund, warum er nie um die Hand der Kassiererin Slavica angehalten hatte.

Denn welche Frau hätte schon Hunderte und Aberhunderte kleinerer und größerer Einweckgläser geduldet, jedes mit einem andersfarbigen Etikett versehen, je nach dem Filmgenre, zu dem die Aufnahmen ursprünglich gehörten? Schwarz – historische Monumentalfilme; Grau – Katastrophenfilme; Olivgrün – Kriegsepopöen; Blau – Dramen; Orange – Komödien; Rot – Liebesfilme; Gelb – Erotikfilme …

Welche Frau wäre denn bereit gewesen, ihr ganzes Leben lang über Hunderte und Aberhunderte Einweckgläser mit verschiedenfarbigen Aufklebern zu hüpfen, von denen jedes eine besondere Aufschrift hatte, je nachdem welche Szenen sich in dem Glas befanden: *Sonnenauf- und -untergänge (eventuell trennen), Baby streckt seine Ärmchen aus, Reiten, Hufgeklapper, Schwankende Baumkronen (Pappeln fehlen), Wolkenansammlung, Tiefflug der Vögel vor dem Regen, Ablaufen von Wasser in den Abfluss, Großaufnahmen, Küsse kurz, Küsse lang, Natürliches Lächeln, Gesichter, mittelgroß, Eine Frau wacht auf und reckt sich, Brücken aus der Froschperspektive, Bälle, Paraden, Jugendfestspiele, Leichenhallen, Beerdigungen, Verlauf der Zeit: verschiedene Helden blicken auf ihre Armbanduhr, Held zieht seinen Revolver Marke* Smith & Wesson, *Held zieht seinen Colt, Modell* Peacemaker, *Hausfliege reibt sich die Beinchen, Tauben schwirren aus einem Glockenturm (zwei Varianten: katholische und orthodoxe), Luftaufnahmen bekannter Städte, Vom Wind geblähte weiße Kissenbezüge auf der Leine, das Wort* Ende *in mehreren Sprachen, Schattenspiele, Treppen, Kinderwagen, Das Vorderrad eines Fahrrads dreht sich immer schneller, Leuchttürme, Einlaufen eines Schiffs, Vorbeifahrendes Schiff, Buddelschiffe …*

Welche Frau möchte schon ihr ganzes Leben über fremde, überall herumliegende Schillerlocken aus Zelluloid, ja über ganze Zöpfe aus verschiedensten Filmen stolpern?

Allerdings hätte Švabić auch keine Frau geduldet, die in der Absicht, Ordnung zu schaffen, alles durcheinandergebracht hätte. So wusste er, wo was zu finden war. Wenn es darauf ankam, wusste er genau, welches Einweckglas er aufmachen musste.

OHNE JENE, DIE NICHT GEKOMMEN WAREN – TECHNICOLOR

Das war's also. Alles in allem etwa dreißig Zuschauer. Schade, dass einige nicht gekommen waren. Sonst hätte man auch über sie etwas erzählen können. Zum Beispiel über Božo Cuger, Teilnehmer am Zweiten Weltkrieg, Träger des Ordens für Alte Kämpfer aus dem Jahr 1941 und anderer hoher Militärauszeichnungen. Den anderen ehemaligen Partisanen war er ein Dorn im Auge, weil er seine bescheidene Erdgeschosswohnung nicht verlassen wollte, im Unterschied zu anderen, die aus einer größeren in eine noch größere Wohnung und, falls sie in Belgrad lebten, aus einer sehr großen Wohnung in eine von einem Vertreter der Bourgeoisie beschlagnahmte Villa zogen. Seinen ehemaligen Mitkämpfern ging er auf die Nerven, weil er sich in der Öffentlichkeit unziemlich gekleidet zeigte – es brauchte nur ein wenig wärmer zu werden, schon lief er im Unterhemd herum und stellte seinen dicken Bauch zur Schau. Diesen neuerdings feinen Leuten ging er zusätzlich damit auf die Nerven, dass er keine Hemmungen hatte, besagtes Hemd hochzuziehen, den Zeigefinger in den Nabel zu bohren, darin herumzukratzen und gelegentlich ein Knäuel dort angesammelter Flusen herauszupulen, das er auch noch mit großem Interesse untersuchte, als hätte er ein kosmisches Elementarteilchen ans Tageslicht befördert … Božo Cuger verlor seinerseits die Nerven, als er zuletzt im *Sutjeska* zusammen mit seinen sich vornehm gebärdenden Kriegskameraden die Premiere eines Partisanenfilms über eine Schlacht sah, an der er selbst teilgenommen hatte. Erst seufzte er tief und schnalzte laut mit der Zunge, dann stand er in seiner zehnten Reihe auf und rief:

»Das ist mir nun doch ein bisschen zu dick aufgetragen! Diese Ammenmärchen ertrage ich nicht länger. Ich gehe jetzt angeln!«

»Warte, Genosse Cuger«, sagte ein Kriegsveteran zu ihm. »Erinnerst du dich nicht, wie wir im Kampf den Deutschen Aug in Auge gegenüberstanden …«

»Ich schon, mein Lieber«, erwiderte Božo. »Du aber kennst das nur vom Hörensagen, weil du hinter der Front warst, du hast doch den ganzen Krieg neben der Gulaschkanone verbracht, mir aber nie auch nur eine Schwarte beiseitegetan. Wie gesagt, ich gehe jetzt angeln, die Fische können so angenehm schweigen, und ihr könnt euch ruhig weiter etwas in Technicolor vormachen!«

OHNE JENE, DIE NICHT GEKOMMEN WAREN – DAS LACHEN

Wirklich schade, dass einige nicht gekommen waren. Man hätte sonst auch über sie etwas erzählen können. So zum Beispiel über den traurigen Schneider Marko und die verrückte Desa. Der traurige Schneider Marko war immer ernst und presste die Lippen fest zusammen, selbst wenn er nicht Dutzende von Stecknadeln zwischen ihnen hielt. Dafür lachte seine Frau, die verrückte Desa, gleich für zwei. Ohne besonderen Grund, einfach so. Das machte den traurigen Schneider Marko noch trauriger, und er wurde immer dünner und dünner und Desa immer dicker und dicker. Am Ende war sie so dick, dass sie sich kaum noch bewegen konnte und auch nicht mehr ins *Sutjeska* kam.

Der Schneider Marko war darüber froh, weil auf diese Weise Desas Lachen in ihren vier Wänden blieb. Sonst hätte sie bestimmt auch während der Vorführung an jenem Sonntagnachmittag im Jahre 1980 so schallend gelacht, dass die Leute sich umgedreht und versucht hätten, sie zum Schweigen zu bringen:

»Psst! Psst!«

Und der traurige Schneider Marko hätte ihr wahrscheinlich zugeflüstert:

»Desa, lass das ... Hör bitte auf ... Das ist ein trauriger Film ...«

Worauf Desa noch heftiger hinausgeprustet hätte:

»Deshalb lache ich ja, ha-ha-ha ... Damit ich ihn, hi-hi-hi, leichter ertrage ...«

OHNE JENE, DIE NICHT GEKOMMEN WAREN – DIE MENSCHHEIT

Schade, dass auch die Frau nicht da war, die sich um die öffentlichen Toiletten im Keller des nahe gelegenen Hotels *Turist* kümmerte. Eine ewig erkältete kleine Frau in einem verwaschenen Arbeitskittel und mit abgetragenen Gesundheitsschuhen. Die unumstrittene Herrscherin über die mit angeschlagenen weißen Kacheln gefliesten und von flackernden Neonröhren beleuchtete Unterwelt, Herrin über ein wahres Labyrinth aus Zu- und Abflussrohren und über kaum oder nicht richtig funktionierende Sanitärobjekte und die Flaschen mit Salzsäure, über Kabinen für Damen und Herren, die mit Sprüchen vollgekritzelt waren. Die weniger anständigen hatte sie zensiert:

XXXXXXXXXXXXX

»Fußboden nass! Rutschgefahr!«

ACHTUNG ROHRE! Kopf einziehen!

XXXXXXXXXXXX

BITTE ALLES SAUBER HINTERLASSEN!

XXXXXXXXXXXXXXXX

HIER IST PLATZ FÜR IHRE WERBUNG

Keine Schmierereien auf Wände und Türen!

Einige nannten sie auf französische Art charmant »Madame Pipi«. Die anderen grob scherzend »Sonnenblume«, weil sie jeden Kunden mit einem freudestrahlenden Gesicht begrüßte. Vielleicht tat sie das, weil sie sich jedes Mal freute, ein neues menschliches Wesen in ihren Katakomben zu sehen. Vielleicht aber auch, weil dann auf ihrem Tellerchen ein weiteres Geldstück klimperte.

Madame Pipi redete nicht viel, und das wenige sagte sie nur, um eventuelle spätere Missverständnisse zu vermeiden. Zu den Männern:

»Schätzchen, auch das Händewaschen kostet was!«

Zu den Vertreterinnen des weiblichen Geschlechts:

»Schätzchen, auch die Benutzung des Spiegels kostet was!«

Beide Sätze wurden von der gleichen Geste begleitet – dem

Schütteln des Tellerchens mit dem Kleingeld. Die heisere Stimme und das Klimpern des Geldes verschmolzen in diesem Toilettenlabyrinth zu einem gespenstischen Echo. Die heisere Stimme ... das Klimpern des Geldes ... und um die Mittagszeit die Wasserstandsmeldungen in mehreren Sprachen, da ihr Transistorradio im Kellergeschoss nur das Erste Programm von Radio Belgrad empfangen konnte.

Wenn ich mich recht erinnere, hat sie nur einmal etwas gesagt, das vom Üblichen abwich. Auf jemandes Frage, wie sie es nur so viele Jahre da unten habe aushalten können, erwiderte sie:

»Wieso, Schätzchen? Das hier ist doch auch ein Teil der Menschheit!«

OHNE JENE, DIE NICHT GEKOMMEN WAREN – DIE FAHNE

Schade, dass auch jener Mann nicht da war, dessen Namen ich nicht kannte, den ich aber oft auf seinem Balkon sah. Er erschien dort immer im Bademantel und mit Kniestrümpfen, immer mit einem Haarnetz. Er brauchte sich nur leicht nach vorn zu beugen, um an den Fahnenhalter zu gelangen. Deshalb betraute man ihn damit, an Festtagen und bei besonderen Ereignissen die Trikolore mit dem roten Stern der Sozialistischen Föderativen Republik Jugoslawien herauszuhängen. Er war ganz stolz darauf, dass die Hausgemeinschaft ausgerechnet ihm diese verantwortungsvolle Aufgabe übertragen hatte.

War er vielleicht nur deshalb an jenem Sonntag nicht ins *Sut-*

jeska gekommen, weil er ahnte, dass sich etwas sehr Wichtiges ereignen sollte und er dem Staat dann zu Hause besser dienen könnte?

OHNE JENE, DIE NUR AUF EIN PAAR MINUTEN KAMEN

Das war's also. Etwa dreißig Besucher. Insgesamt. Jene nicht mitgerechnet, die nur auf ein paar Minuten vorbeikamen …

So wie Cale, der mit seinem Handwagen alles Sperrige transportierte und nur ins Kino kam, um sich vor Regen zu schützen oder seinen geschwollenen Füßen eine Pause zu gönnen.

Oder wie die Köchinnen aus dem benachbarten Restaurant des Vorkriegshotels *Jugoslavija*, das in eine Kantine oder, etwas eleganter ausgedrückt, in ein Selbstbedienungsrestaurant umgewandelt worden war. Sie kamen oft im Schutze der Abenddämmerung ins *Sutjeska*, in den Pausen bei der Zubereitung des Abendessens, während etwas garte, schmorte oder köchelte. Sie kamen zu zweit oder zu dritt mit ihren weißen Schürzen und Kopftüchern, und in dem schummrigen Licht konnte man meinen, sie seien Krankenschwestern, die direkt von einem der jährlich abgehaltenen Erste-Hilfe-Kurse als Vorbereitung auf eventuelle feindliche Luftangriffe ins *Sutjeska* kamen. Das hätte man meinen können, wenn diese ewig müden Frauen nicht nach Schweinehaxen mit weißen Bohnen geduftet hätten, nach leckerer Weißkohlmoussaka, nach Zwiebeln, die für den Papazjanija-Eintopf so lange geschmort werden, bis sie die Farbe von Bernstein annehmen, nach Hühnerpaprikasch, nach serbischem Reisfleisch … Wer vermochte schon all die Köstlichkeiten aufzuzählen.

Sie jedoch gehörten nicht zum Stammpublikum. Sie blieben höchstens eine Viertelstunde im Kino und verdrückten ein paar Tränen bei der einen oder anderen zärtlichen Liebesszene. Vermutlich gab Švabić ihnen Bescheid, wann solche Szenen an die Reihe kamen, wie sonst hätten sie auf die Minute genau wissen können, wann sie kommen sollten. Man nahm ebenfalls an, dass Švabić sie über diese filmischen »Filetstücke« im Rahmen eines Tauschgeschäfts informierte, denn sie belieferten ihn laufend mit leeren und schon sauber gespülten Gläsern von sauren Gurken, Roten Beten, Kompott, Marmelade und Ähnlichem, so unentbehrlich für die ordentliche Aufbewahrung der Filmschnipsel, der Grundlage für sein Lebenswerk. Wie auch immer, die Köchinnen blieben höchstens eine Viertelstunde, weinten bei dieser oder jener zärtlichen Liebesszene, dann wischte eine von ihnen mit einem weißen Geschirrtuch die vergebens vergossenen Tränen weg und rief von Panik erfasst:

»Kommt, Mädchen, genug geheult. Zurück an die Arbeit! Es gibt genug zu tun … Das Essen brennt uns noch an! Wer wird es dann noch wollen … Los, kommt schon!«

Am Ausgang bedankten sie sich beim alten Platzanweiser Simonović und luden ihn jedes Mal zu einem Gegenbesuch ein:

»Kommen Sie uns doch mal besuchen. Für Sie ist es nur ein Katzensprung. Kommen Sie noch heute Abend am Ende der Schicht. Wir bereiten dann einen fürstlichen Schmaus. Wenn Sie mögen, gibt es auch eine Blätterteigpastete, Sie werden sich alle Finger danach lecken …«

»Das geht nicht … Ich schaffe es nicht«, antwortete Simonović bedrückt. »Vielleicht sieht man es nicht, aber ich habe hier viel zu tun. Wenn Sie nur wüssten, was die Leute hier an Müll hinterlassen, alles muss wieder in Ordnung gebracht werden.«

DIE DEPESCHE

An jenem Nachmittag 1980 wäre ein solcher Gegenbesuch auch gar nicht möglich gewesen. Erstens, es war ein Sonntag und das Selbstbedienungsrestaurant im ehemaligen Hotel *Jugoslavija* geschlossen. Und zweitens, Simonović war nicht an seinem Arbeitsplatz neben dem Kinoeingang, er saß in der ehemaligen Gartenwirtschaft, in seinem sogenannten Garten, in das Gespräch mit dem kleinen Vogel vertieft, der auf seiner Schulter gelandet war. Das Wort »Gespräch« trifft es vielleicht nicht ganz. Gesprochen hat nur der Platzanweiser, er versuchte, dem Papagei das Sprechen beizubringen. Herr Rudi Prohaska hatte vor langer Zeit, als er im Sterben lag, Simonović ans Herz gelegt, den Vogel mit dem Namen Demokratie dazu zu bringen, etwas zu sagen, gleich was:

»Versprich mir, dass du nicht aufgibst. Es genügt, dass er ein einziges Wort sagt. Du wirst sehen, danach läuft alles wie von selbst … Versprich, dass du dranbleibst …«

Simonović gab Prohaska sein Wort, nahm den Papagei mit und steckte ihn in seine Brusttasche. So hatte ihn auch Herr Rudi jahrelang herumgetragen, wovon die Berichte zeugen, die ein Spitzel mit dem Decknamen der Unsichtbare an das Innenministerium in der Hauptstadt schickte. Eine dieser Depeschen lautete:

Vertraulich. 14.4.1939
Wie schon früher mehrmals ausführlich berichtet: In der Stadt Kraljevo gibt es einen Filmvorführer namens Rudi Prohaska. Er ist ein angesehener Bürger tschechischer Herkunft, hat im Weltkrieg auf unserer Seite gekämpft, neigt aber dazu, Anspielungen auf unser politisches System zu machen mithilfe eines Vogels, der zur Gattung der Papageien gehört. Der Obenerwähnte nennt den Vogel Demokratie und behauptet, er werde ihm das Sprechen beibringen. Es ist mir etwas peinlich, unanständige Ausdrücke zu gebrauchen, daher sage ich lediglich, dass sich der Fall zu einer stadtweiten Burleske auswächst. Der bereits erwähnte Filmvorführer besucht Wirtshäuser in Kraljevo mit dem Vogel in seiner Brusttasche und provoziert. Im Folgenden zitiere ich ein Gespräch, das ich persönlich im Wirtshaus Handwerkerkasino *miterlebt habe. (In den Klammern habe ich meine Bemerkungen hinzugefügt.)*

RUDI PROHASKA: (Freundlich, mit einer Verbeugung.) *Einen guten Appetit wünsche ich Ihnen, Herr Panta.*

PANTA, DER MEISTERESSER: (Nimmt zwischen zwei Bissen die Serviette, betupft sich damit die Lippen.) *Danke, Herr Rudi.*

RUDI PROHASKA: (Freundlich und ebenso neugierig.) *Wie schmecken denn heute die Weinblattwickel?*

PANTA, DER MEISTERESSER: (Man kann ihn schwer verstehen, da er den Mund immer voll hat, aber ich konnte es doch rekonstruieren.) *Ausgezeichnet!*

RUDI PROHASKA: (Setzt sich an den Tisch, ruft den Kellner.) *Bringen Sie mir bitte das Gleiche!* (Wendet sich an Panta.) *Mara hat heute Kopfschmerzen, ich will ihr das Kochen ersparen.* (Die Erwähnte ist die Ehefrau des Erwähnten.)

PANTA, DER MEISTERESSER: (Hebt den Kopf vom Teller

und fixiert den Vogel in der Brusttasche des Erwähnten.) *Hat der Vogel schon etwas gesagt, Herr Rudi?*

RUDI PROHASKA: (Lächelt.) *Davon wird man noch hören, Herr Panta. Fast ist er so weit, fast!* (Er wiederholt zweimal dasselbe, wobei er beim zweiten Mal mich anschaut.)

PANTA, DER MEISTERESSER: (Fixiert weiterhin den Vogel in der Brusttasche des Erwähnten.) *Schon lange will ich Sie etwas fragen, Herr Rudi … Ist dieser Vogel genießbar? Ich meine, falls er nicht sprechen will, könnte er vielleicht ein feines Süppchen abgeben?*

RUDI PROHASKA: (Sieht nicht Panta, sondern mich an.) *Aber Herr Panta, das ist ein seltener Vogel mit einem besonderen Namen …* (Spricht zu dem Vögelchen in der Brusttasche.) *Komm, sag dem Onkel Unsichtbar, wie du heißt …*

ICH: (Ich lasse mich nicht provozieren. Ich schweige und warte auf meine Stunde.)

Wie aus dem Bericht hervorgeht, ist die ganze Angelegenheit außer Kontrolle geraten. Was soll ich tun? Ich erbitte Ihre Anweisung. Zugleich bitte ich, mir zwecks besserer Tarnung zusätzliche Geldmittel zu bewilligen. In diesem Anzug kennt mich bereits die ganze Stadt.

In Erwartung Ihrer Antwort versichere ich Sie noch einmal meiner tiefsten Hochachtung,

DER UNSICHTBARE UND DER BLINDE

Die Antwort stieg sechs Monate später, Mitte Oktober, aus einem Waggon zweiter Klasse des soeben aus Belgrad eingetroffenen Personenzugs. Sie wog etwa hundert Kilo, war mittelgroß, hatte dunkelblonde Haare und starke Kieferknochen. Es regnete in Strömen. Der Reisende knöpfte seinen Regenmantel zu, schaute nach links und nach rechts. An allen Menschen auf dem Bahnsteig und im Vestibül des Bahnhofs von Kraljevo vorbei steuerte er direkt auf den hiesigen Spitzel zu. Ohne ihm die Hand zu reichen, sagte er:

»Du bist bestimmt der Unsichtbare. Ich bin der Blinde.«

Es war offensichtlich, warum er so genannt wurde, denn er trug eine Brille mit fingerdicken Gläsern. Der Unsichtbare wunderte sich:

»Wie haben Sie mich erkannt?«

»Ich habe keine Zeit für langes Palavern, ihr alle petzt nur und denunziert, und ich habe dann alle Hände voll zu tun. Bis zum Hals stecke ich in Arbeit und bin hundemüde. Bring mich zu deinem Typen mit dem Papagei. Und wenn du es genau wissen willst, du siehst hier am verdächtigsten aus«, sagte der Blinde verächtlich.

Dem Unsichtbaren gefiel das gar nicht. Er war gekränkt. Dennoch beschloss er, sich professionell zu verhalten, er öffnete seinen Regenschirm und wies in Richtung Stadtmitte:

»Hier entlang, bitte.«

»Geh weg mit deinem Regenschirm, du stichst mir noch ein Auge aus. Ich bin doch nicht aus Zucker, dass ich mich im Regen auflöse!«, fauchte der Blinde.

Sie gingen schweigend weiter. Es regnete Bindfäden.

Herr Prohaska tüftelte an einem Brief, den er im Namen des Kinos *Uranija* an ein Studio in Hollywood schicken wollte. Er war gerade dabei, die Bitte um ein Foto von Marlene Dietrich mit Autogramm zu formulieren, »das ihren hiesigen Verehrern viel bedeuten würde«, als der Blinde in den Vorführraum hereinplatzte. Er stellte sich gar nicht erst vor, nahm lediglich die Brille ab und begann, auf Prohaska einzudreschen. Blindlings. Hätte er sehen können, hätte er vielleicht Mitleid gehabt und hätte sich vielleicht bemüht, Rudi nicht auf die Nieren oder unter die Gürtellinie zu treffen, so aber schwang er immerzu seine Fäuste, und als der Tscheche zu Boden ging, trat er ihm noch mit den Füßen in die Seiten. Er richtete sich ausschließlich nach dem Gehör, und als er die Rippen knacken hörte und keine Schreie mehr vernahm, sondern nur noch ein leises Winseln, schloss er daraus, dass es genug war und er seine Arbeit erledigt hatte. Erst dann setzte er die Brille wieder auf und wusch sich im Waschbecken in einer Ecke des Raums die Hände, ohne den Mann, der in einer Blutlache auf dem Boden lag, auch nur eines Blickes zu würdigen. Danach verließ er den Raum und kehrte mit dem ersten Zug nach Belgrad zurück.

Während er ihn zum Bahnhof begleitete, fand der Unsichtbare nicht den Mut, ihn zu fragen, wie es mit seiner Bitte um zusätzliche Geldmittel für die Tarnung stand. Ehrlich gesagt, atmete er sogar auf, als der Blinde weg war. Ein unangenehmer Mensch, stellte er fest. Der Zug hatte sich schon in Bewegung gesetzt, als der Blinde ein Fenster im Gang öffnete und rief:

»He, weißt du, was ich von solchen wie dir halte?«

Der Unsichtbare stand auf dem Bahnsteig unter seinem Regenschirm. Sagte er jetzt Nein, würde man sich fragen, ob er für die Arbeit eines Spitzels geeignet sei, der doch von Berufs wegen alles wissen müsste. Deshalb schluckte er die Spucke und mit ihr seinen ganzen Stolz hinunter und antwortete widerwillig:

»Ich weiß, ich bin …«

Zum Glück ertönte in diesem Moment ein durchdringender Pfiff der Lokomotive, sodass man das letzte Wort nicht mehr hören konnte, es war nur von den Lippen des Unsichtbaren abzulesen. Es regnete noch immer Bindfäden.

WAS AM MEISTEN SCHMERZT

Bei Mara hingegen regnete es Tränen. Es gab keine Stelle an Rudis Körper, die nicht blutig, blutunterlaufen oder geschwollen war. Mara rang die Hände und wiederholte ständig:

»Mein armer Rudi, ich habe ja immer gesagt, dass der Vogel dich noch den Kopf kosten wird … Mein armer Rudi, ich habe ja immer gesagt, dass der Vogel dich noch den Kopf kosten wird …«

Herr Rudi Prohaska sagte etwas, aber es war nicht zu verstehen, weil der Blinde ihm drei Zähne ausgeschlagen hatte und seine Unterlippe blau und geschwollen war. Zu allem Übel pinkelte er sich noch in die Hose und schüttelte heftig den Kopf, als Mara den jungen Platzanweiser bat, sofort einen Arzt zu rufen. Er schämte sich. Mara musste noch schnell saubere Wäsche von zu Hause bringen und ihn umziehen, erst dann durfte Simonović den Arzt holen.

»Die gebrochenen Knochen kriegen wir schon in Ordnung, das richten wir wieder ein, ich hoffe nur, dass Sie keine inneren Blutungen haben. Können Sie tiefer einatmen? Oh Gott, Herr Rudi, dem war es egal, wohin er traf! Ein Glück, dass Sie am Leben geblieben sind«, murmelte Doktor Karajović.

»Mein armer Rudi, ich habe ja immer gesagt, dass der Vogel

dich noch den Kopf kosten wird …«, jammerte Mara immer wieder.

Simonović schwieg, er wollte nicht in das allgemeine Klagen einstimmen, er reichte Eis und feuchte Umschläge und versuchte zu verstehen, was sein Chef sagte. Aber sowohl Mara als auch er verstanden es erst drei Tage später, als Prohaska etwas deutlicher hervorbrachte:

»Wisst ihr, was mich am meisten schmerzt? Dass die Demokratie, als das losging, durch das kleine Fenster direkt hinaus in den Kinosaal flog … Ich hatte natürlich nicht erwartet, dass sie mich verteidigt, sie ist doch nur ein kleiner Vogel, aber dass sie so mir nichts, dir nichts wegflog …«

»Rudi, sprich bitte nicht mehr von diesem … diesem Papagei!«, sagte Mara und drohte ihm mit dem Zeigefinger. »Sag lieber, dass du mich liebst.«

Aber Herr Prohaska konnte auf Serbisch nur noch fluchen. Und es dauerte lange, bis er einigermaßen wiederhergestellt war. Etwa drei Monate. Erst dann, als er das Bett verließ, konnte er auch wieder etwas anderes als nur Kraftausdrücke von sich geben.

Ungefähr zur gleichen Zeit tauchte, wer weiß woher, der Papagei wieder auf. Er flog einfach herbei, landete auf Rudis Schulter, als wäre nichts geschehen, zwinkerte mit seinen Äuglein, spreizte die Flügel … Die Schmerzen hatten schon nachgelassen, die Erinnerungen waren verblasst, und so konnte Herr Prohaska sagen:

»Wo warst du denn, mein kleiner Ausreißer? Komm, sag etwas … Sag wenigstens deinen Namen …«

DAS SCHLIMMSTE IST VORBEI

DIE VORFÜHRUNG

Die Vorführung war schon in vollem Gange. In den ohnehin krächzenden Ton des Films mischten sich alle möglichen Geräusche.

Das Murmeln und Schmatzen des eingenickten Bodo.

Gagis panische Rufe:

»Was haben sie gesagt? Dragan, lass nicht ständig etwas aus, was sagen die jetzt?«

Dragans halblaute, immer gewagtere und leidenschaftlichere Interpretationen der Dialoge. Und die auf dem Fuß folgende Entrüstung des strengen Herrn Djordjević.

Das Rascheln von Tüten und Verpackungen, das Platzen von Kaugummiblasen, das Knacken von Sonnenblumenkernen und das In-die-Gegend-Spucken der Schalen, verursacht von den beiden Bengeln, die Gott und die Welt, einschließlich ihrer Eltern, nur Ž. und Z. riefen.

»Beim Leben meiner Mutter, gleich fließt Blut, dem Idioten hacke ich die Hand ab!«, erklang die schaurige Drohung von Krle dem Abrichter, wann immer sich die Hand des Genossen Avramović aus der ersten Reihe ins Bild schob.

»Honores mutant mores, sed raro in meliores!«, oder etwas

Ähnliches murmelte auf Latein der düstere Lazar Lj. Momirovac.

Das immer schnellere und keuchendere Nachmachen der Rhythmen, womit der dicke Njegomir die Aufmerksamkeit der mageren Elodija Nutzlos erregen wollte:

»Strukutu-strukutu … tutula-tutula … kss-pss!«

Das Seufzen des sich wer weiß wovor fürchtenden Oto.

Das Turteln der Verliebten, insbesondere das lang gezogene Stöhnen der Ćirić:

»Ooooh, ich gehe gleich unter, ich kann nicht mehr!«

Darauf der zynische Kommentar von Caca der Hauptmännin:

»Dir fehlt es offenbar an Tiefgang, Schwesterchen!«

Das Knarren der alten Holzstühle … Das Abblättern des Putzes von den einst schönen Stuckarbeiten an der Decke des Kinosaals …

Ja. Damit genug von den Menschen. Richten wir unseren Blick lieber nach oben, auf das wunderschöne Sternenzelt aus Stuck, das sich über uns allen wölbte. Die symbolische Darstellung des unendlichen Weltalls. Genau in der Mitte die Sonne mit leuchtenden stilisierten Strahlen. Der verschlafene, nur ein wenig »angenagte« Mond. Die ziemlich willkürlich angeordneten Planeten. Rundherum die Sternbilder der beiden Halbkugeln: die Andromeda, der Paradiesvogel, der Fuhrmann, der Altar, der Große und der Kleine Hund, die Kassiopeia, der Zirkel, die kleine Wasserschlange, das Kreuz des Südens, die Leier, der Tafelberg, der Orion, der Pfau, der Schild, der Große und der Kleine Bär, die Jungfrau … Dazu noch Galaxien, Nebelschwaden und einige Kometen mit flammenden Schweifen … Über uns allen hing diese wunderbare Stuckarbeit, von Meisterhand noch zur Zeit Laza Jovanovićs ausgeführt. Stellenweise war sie wie die Wölbung des Himmelszeltes noch unberührt, an anderen Stellen aber mit Feuchtigkeitsperlen und stacheligen Schimmelfäden überzogen, die sich nach so vielen Jahren unter den einst glatten Gipsbögen gebildet hatten. Die Stuckdekoration des großen Saals für Veranstaltungen und Tanzabende im einstigen Hotel *Jugoslavija* war hie und da abgebröckelt und ließ hinter den wie gebrochene Rippen anmutenden Schilfrohrmatten das dunkle, vermoderte Innenleben der Saaldecke erkennen.

Wie schon gesagt, ich kann mich nicht mehr erinnern, ob es sich um einen Spielfilm handelte, bin jedoch ganz sicher, dass er in Afrika gedreht worden war. In der Presse gab es ein großes Geschrei wegen einer Szene, in der ein Mann tatsächlich von Löwen gefressen wurde. Das hatte in der Öffentlichkeit heftige Polemiken vor allem über die unmoralische Haltung der Filmequipe ausgelöst, der die »einmalige Gelegenheit«, eine Todesszene aufzunehmen, wichtiger war als das Leben eines Menschen. Außerdem – und das war vielleicht die größte Herausforderung für die Verfechter der Reinheit, die forderten, den Film zu zensieren oder ihn wenigstens für Jugendliche zu verbieten – konnte man in dem besagten Streifen ein seltenes und für die damalige Zeit ungewöhnlich authentisch aufgenommenes Ritual der Erdbefruchtung sehen. Ein splitternackter, von der Natur reichlich ausgestatteter Eingeborener, rituell ganz weiß angemalt, grub neben seiner Hütte ein Loch, legte sich darauf und ahmte den Geschlechtsakt nach. So spendete er der Erde seinen Samen, auf dass sie fruchtbar würde und ihn ernähre …

Wenn ich mich richtig erinnere, konnte dieser Film vom Genre her als anthropologisch bezeichnet werden; es gab in ihm viele naturalistische Szenen, die manchen Zuschauer dazu bewogen, demonstrativ den Saal zu verlassen. Als Erster, vielleicht schon nach fünfzehn Minuten, ging Ibrahim mit seiner Familie. Er stand einfach auf, und noch ehe seine Aufforderung »Gehen wir!« verklungen war, folgten ihm ohne Widerrede seine Frau und Jasmina.

Andere gingen bald danach, angewidert und empört wegen der unanständigen Szenen, die sie jedoch bis dahin aufmerksam verfolgt hatten, wie beispielsweise Elodija Nutzlos. Wegen ihrer zugeschnürten Kehle sagte sie jedoch kein Wort, sie verschwand einfach raschelnd wie eine Wachtel am Rande eines Felds.

Andere wiederum warteten, warteten und warteten, verloren dann langsam die Geduld und waren enttäuscht, weil es kaum Handlung, keine Schießereien, keine wilden Verfolgungsjagden, keine Raufereien gab (mit anderen Worten, weil der Film nicht spannend war). Ohne sich abgesprochen zu haben, gingen auch die drei Schüler: Petronijević, Resavac und Stanimirović.

Der niedergeschlagene Simonović saß dieses Mal nicht auf seinem Arbeitsplatz neben der Tür, deshalb mussten die Zuschauer den schweren nachtblauen Vorhang selbst beiseiteschieben. Niemand hinderte sie daran, nach Hause zu gehen. Vor langer Zeit, in jenem »goldenen Zeitalter«, hätte Simonović derart kleinmütige Menschen noch zurückgehalten:

»Bleibt doch, bis die Handlung in Gang kommt ... Es ist nicht so, wie es euch scheint ... Der Film wird bald besser ...«

Aber in der letzten Zeit hatte er keine Lust mehr, auf die Kinobesucher einzureden. Wozu auch noch diese Verantwortung übernehmen? Er war es leid geworden, zwischen zwei Welten zu vermitteln. Wäre er da gewesen, hätte er vermutlich nur mit den Schultern gezuckt. Möchten Sie rein? Bitte schön! Wollen Sie raus? Auch gut! Wen kratzt das schon.

An diesem Tag gingen die Zuschauer nach Lust und Laune, bis sich Federle aus seinem ständigen Domizil, dem bequemen Ballonmantel, meldete:

»Was soll dieses ganze Hin-und-her-Gerenne … Seid ruhig! Entscheidet euch endlich! Der Durchzug bringt uns noch alle ins Grab!«

EIN LICHTSTRAHL KNICKTE EIN

Plötzlich, mitten in der Vorführung und ohne jede Vorankündigung knickte, wie durch etwas Unsichtbares gestört, der aus dem Fensterchen hinter den Zuschauern kommende Lichtstrahl ein … Und brach ab. Man hörte ein Röcheln. Ein Sich-Verschlucken. Dann ein Poltern! Die Kinoleinwand im *Sutjeska* wurde fahl, danach grau, dann leuchtete sie wieder hell. Der Projektor zeigte jetzt nur noch ein blendendes Weiß. Man konnte ganz deutlich zwei Flecken und drei stümperhaft aufgenähte Flicken erkennen.

Im ersten Augenblick geschah nichts. Es war ja bekannt, dass der Filmvorführer Montage-Švabić sich schon seit Jahren mit der veralteten Apparatur herumplagte. Aber es kam auch, wie man weiß, nicht selten vor, dass er, um einen Kaffee zu trinken, oder noch öfter, um mit der Kassiererin Slavica zu flirten, sein Kabuff verließ. Was mir an und für sich nicht ungelegen kam: Die langen Pausen zwischen zwei Filmrollen oder wenn ein überhitzter Filmstreifen einfach riss, gaben mir Gelegenheit, die offenen Wunden an der Stuckarbeit zu betrachten. Sie kam mir immer vor wie ein Teil von etwas Größerem, von etwas unbegreiflich Großartigem, daher wusste ich meist nicht, ob ich traurig sein sollte, weil uns so wenig davon geblieben, oder mich darüber freuen sollte, dass noch so viel erhalten war.

Als dann die Vorführung immer noch nicht fortgesetzt wurde, breitete sich Unruhe unter den wenigen Zuschauern aus. Man hörte Pfiffe. Dann auch offene Protestrufe. Bald lärmten und polterten alle und fluchten hemmungslos.

Sogar Bodo wurde wach, reckte sich, nahm die billige Sonnenbrille ab, sah sich um und begann noch durchdringender zu pfeifen als alle anderen. Und das konnte er. So richtig, auf zwei Fingern.

Im Unterschied zu ihm leckte Federle nur an seinem Zeigefinger, streckte ihn in die Luft, rollte sich noch mehr ein und bemerkte:

»Ich sag ja, dass es von irgendwoher schrecklich zieht. Seid doch ruhig, Leute!«

Dragan »las« Gagi immer noch vor. Hätte es etwas nachzuerzählen gegeben, wäre das kein Kunststück gewesen. So aber musste er sich etwas einfallen lassen, denn es geschah rein gar nichts:

»Jetzt erklärt er ihr seine Liebe. Und sie ihm die ihre.«

»Das ist nun wirklich zu viel! Wie lange wollen Sie sich noch Dinge ausdenken und ungebildete Menschen hinters Licht führen? Und Sie, warum lassen Sie sich etwas vormachen? Merken Sie nicht, dass es in diesem Film weder Bild noch Ton gibt?« Herr Djurdje Djordjević hoffte, endlich dieser schamlosen Augenwischerei ein Ende bereitet zu haben, deren Zeuge er von Anfang an gewesen war.

Gagi bat Dragan:

»Einen Augenblick, Brüderchen, merk dir bitte, wo du stehen geblieben bist.«

Dann drehte er sich um und fauchte:

»Herr Professor, Sie sind ein richtiger Korinthenkacker!«

Herr Eraković wäre Herrn Djordjević bestimmt zu Hilfe geeilt, wäre er nicht damit beschäftigt gewesen, Frau Eraković zu erklären:

»Meisterhaft! Das nenne ich eine einmalige künstlerische Provokation. Bravourös! Was für ein Einfall! Großes Lob für den Regisseur! Verstehst du das, meine Liebe, die leere Filmleinwand symbolisiert hier auf ganz eindrucksvolle Weise die sinnentleerte Welt, sie steht für eine Kultur, die müde geworden ist und uns nichts mehr zu sagen hat!«

Frau Eraković erwiderte verwirrt:

»Ist das wahr? Ich habe nichts mitgekriegt. Ich habe nur bemerkt, dass die Flicken ziemlich schlampig aufgenäht sind.«

Ž. blies noch einmal kräftig seine Kaugummiblase auf, um sie möglichst laut platzen zu lassen, Z. spuckte erst noch die Schale eines Sonnenblumenkerns aus. Danach sagten beide zuckersüß:

»Würden Sie sich bitte etwas kleiner machen, wir können nichts sehen …«

Herr Eraković drehte sich um und schnauzte sie an:

»Ihr unverschämten Lümmel, ihr habt wirklich keine Kinderstube!«

Vrežinac, jener »Herr von nicht hervorragend hübschem, aber auch nicht üblem Aussehen, nicht zu dick und nicht zu mager, man könnte nicht sagen, dass er alt, aber auch nicht, dass er allzu jung sei« – Tschitschikow wie er leibte und lebte, als sei er der Feder von Nikolai Vasiljevič Gogol entsprungen –, kniff die Augen zusammen, wahrscheinlich weil ihm gerade eine Idee für einen zusätzlichen Verdienst kam. Aber wie jeder kluge Geschäftsmann sprach er nicht darüber.

Krle der Abrichter stieß hervor:

»Wenn ich jetzt nur meine Maschine hier hätte ... Beim Leben meiner Mutter, der Švabić wäre im Nu seine Hand los.«

Lazar Lj. Momirovac schimpfte auf die Regierung:

»Ich habe es ja immer gesagt!! Alles Natürliche wird zensiert!«

Njegomir stampfte mit den Füßen, als drösche er auf eine Basstrommel ein. Dann stand er auf und begann wild mit den Armen zu fuchteln, als schlüge er Cinellen. Er schwitzte. Er bedauerte, dass Elodija Nutzlos schon gegangen war und diesen neuen, verrückten Rhythmus verpasste.

Oto war noch ängstlicher zumute als sonst, er nahm die Hände gar nicht mehr von den Augen. Er schaute nicht einmal durch die Finger.

Die Tršutka pfiff wie ein Kerl, noch durchdringender als Bodo. Und grölte:

»Buuuh!«

Die Liebespaare waren zuerst erschrocken, als hätte man sie bei etwas Unanständigem ertappt, bald aber fanden sie sich wieder zurecht und schlossen sich dem allgemeinen Protest an.

Alle machten mit außer Čekanjac. Der saß ganz steif da, litt wie ein Tier und bemühte sich, dem Film zu folgen, um ihn notfalls nacherzählen zu können, aber seine Augen rollten wie von selbst zur Seite. Čekanjac bekam Kopfschmerzen. Da hielt er es nicht mehr aus und drehte den Kopf: Die Ćirić war dabei, widerwillig ihre weiße Bluse zuzuknöpfen. Dem künftigen Offizier der Kriegsmarine, dem hölzernen Uskoković, flüsterte sie zu:

»Ausgerechnet jetzt! Wo ich gerade dabei war, in See zu stechen …«

Fasan bat Christina:

»Lass uns irgendwo anders hingehen …«

Caca die Hauptmännin machte Džidžan diskret auf die Ćirić aufmerksam und meinte:

»Eine Schande … Das Mädchen kommt aus einer angesehenen Ärztefamilie, und sehen Sie nur, wie tief sie gesunken ist. Soll Ihre Caca Ihnen auch so eine weiße Mütze kaufen, dazu aber eine dunkelblaue Jacke mit aufgesticktem Anker und mit Messingknöpfen, als wären auch Sie ein Kapitän, als hätten Sie eine Yacht irgendwo an der Küste …«

Die Unterbrechung dauerte ungewöhnlich lange. Die Leute stampften mit den Füßen und riefen zornig im Chor:

»Švabić, du Schurke! Ihr Diebe, gebt uns unser Geld zurück! Zeigt uns den Film! Wir wollen den Film sehen!«

Nur der Genosse Avramović, der mit einem seligen Gesichtsausdruck gemütlich in der ersten Reihe und näher als alle anderen an der leeren Leinwand saß, merkte von alledem nichts. Überzeugt davon, dass alles seinen gewohnten Gang ging, hielt er die Augen geschlossen. Ja, er hörte all diese Protestrufe, nahm sie aber nicht ernst. Für ihn war das ein Lärm wie jeder andere. Auch früher hatte man Lärm gemacht, und im Leben hatte sich trotzdem nichts geändert.

DIE WANDBELEUCHTUNG FLACKERTE AUF

Wer weiß, wie lange das noch angedauert hätte, wäre nicht die Wandbeleuchtung aufgeflackert ... hätte sich nicht jemand in dem schweren Vorhang am Eingang verheddert ... hätte dieser Jemand, wegen des in Jahrzehnten angesammelten Staubs hüstelnd, sich nicht mit Mühe und Not daraus befreit, hätte den Saal nicht die Toilettenfrau betreten.

Ja, sie war es, die Angestellte der öffentlichen Toilette im Erdgeschoss des Hotels *Turist*. Nicht der Platzanweiser Simonović, der sich um die Eintrittskarten, die Sitzplätze, die Ordnung und um »außerordentliche Umstände« kümmern sollte. Nicht der Filmvorführer Švabić. Auch nicht der Leiter des volkseigenen Betriebs zur Vorführung von Filmen, pompös *Zentrum für Kultur und Propagandaaktivitäten* genannt, der das alte Kino *Sutjeska* und das neuere, das *Ibar*, umfasste. Sondern niemand anderes als Madame Pipi. Die Sonnenblume. Die ewig erkältete kleine Frau in ihrem blauen, verwaschenen Arbeitskittel und den abgetragenen Gesundheitsschuhen. Die unumstrittene Herrscherin über die unterirdische öffentliche Toilette. Jetzt völlig außer Atem, wahrscheinlich weil sie die hundert Meter bis zum *Sutjeska* im Laufschritt zurückgelegt hatte. Und überrascht, denn sie hatte in ihrem Leben selten so viele Menschen an einem Platz gesehen.

Sie setzte an, wollte etwas sagen, brach aber wieder ab.

»Schätzchen ...«, stammelte sie, hielt aber wieder inne, denn sie merkte, dass sie es nicht mit einem einzelnen Menschen, sondern mit einer ganzen Menschenansammlung zu tun hatte.

»Ich meine, Genossen …«, korrigierte sie sich.

»Genossen, hört auf, ich bin nicht schuld …«, versuchte sie es von Neuem.

Sie ballte die Hände zu Fäusten, fasste Mut und brachte schließlich mit von Tränen erstickter Stimme hervor:

»Genossen, hört auf, unser Genosse Tito, Marschall und Präsident der Sozialistischen Föderativen Republik Jugoslawien, ist tot!«

Sie hatte wohl die Nachrichtensendung im Ersten Programm von Radio Belgrad gehört. Noch ehe die Stimme des Nachrichtensprechers in ihren Katakomben verhallt war, hatte sie die Angestellten im Hotel *Turist* informiert, die sandten sie zum Kino *Ibar*, von wo sie weiter zum *Sutjeska* geschickt wurde …

JENES SCHWEIGEN, DAS MAN GRABESSTILLE NENNT

Mit einem Schlag herrschte absolutes Schweigen. Jenes Schweigen, das man Grabesstille nennt. Nichts war mehr zu hören außer dem Rieseln des Gipses vom Stuck an der Decke … Auch früher schon hatte man aus einem bestimmten Winkel im Lichtstrahl des Projektors beobachten können, wie von dort oben, von der stilisierten Sonne, dem Mond, den Planeten und den Sternbildern ein milchig-weißes Pulver herabrieselte, weißer und feiner als der feinste Puder. Unaufhörlich, gespenstisch, als wolle es alles in der Welt miteinander versöhnen, Spuren verwischen, die Falten um die Augen und den Mund glätten, unsere Gesichter weiß werden lassen.

Dann vernahm man das Klappern des Sitzes, wann immer ein Zuschauer aufstand. Auch wenn es nicht sonderlich literarisch ist, will ich versuchen, diesen Klang wiederzugeben: klapp, klapp-klapp, klapp-klapp-klapp ... Zeitweise rhythmisch, als spende jemand zunächst schüchtern und dann immer begeisterter Beifall, zeitweise ineinanderfließend, als lade ein gut eingespieltes Erschießungskommando unheilverheißend die Gewehre.

Sogar Avramović stand auf. Ihm war nicht ganz klar, wo er sich befand, er erinnerte sich dunkel, dass er ins Kino gegangen war, jetzt aber sah alles um ihn herum aus wie bei einer jäh unterbrochenen Parteisitzung. Verstört fragte er:

»Wird die Sitzung morgen fortgesetzt?«

Bodo stand auf. Er torkelte jedoch, verlor seine Sonnenbrille und griff in die Manteltasche, um auf seinem Plan nachzusehen, wo sich das nächste Depot der »Mittel zur Nivellierung der Wirklichkeit« befand.

Auch Federle stand auf. Aber ganz vorsichtig, aus Angst vor Zugluft.

Es folgten Dragan und Gagi, Professor Djurdje Djordjević, Herr und Frau Eraković.

Nach und nach stand jeder auf. So auch Lazar Lj. Momirovac, allerdings wäre es zutreffender zu sagen, dass er einen Freudensprung machte.

Obwohl einige später damit angaben, sie seien aus Trotz sitzen geblieben, war es nur der verängstigte Oto, immer noch mit den Händen vor den Augen, der sich nicht von seinem Platz in der dreizehnten Reihe rührte. Und er hätte es nie gewagt hinauszugehen, hätte ihm nicht jemand in diesem Durcheinander einen gewaltigen Bären aufgebunden:

»Komm, mein lieber Oto … Komm, das Schlimmste ist vorbei.«

Alle waren aufgestanden, alle verließen den Kinosaal, obwohl der deprimierte Platzanweiser Simonović nicht da war, um gemäß der Vorschrift über die »Maßnahmen und das Verhalten im Falle außerordentlicher Umstände« den schweren Vorhang beiseitezuschieben und die Tür zu öffnen. Deshalb verhedderten sich alle hoffnungslos in den staubigen Falten des nachtblauen Samts und hatten ihre liebe Not, sich wieder daraus zu befreien, mussten geblendet blinzeln, und manch einem war lange nicht klar, ob er wirklich hinaus- oder wieder irgendwo hineingegangen war.

Draußen, vor dem *Sutjeska*, packten Milkinac Bubble Gum und Dalipi Vebi ihre Ware, die neuen und alten »Zeitvertreibspiele für die Zähne«, ein, denn niemand wusste, wann das Kino wieder öffnen würde. Sie sagten kein Wort. Jedenfalls, wenn man davon absieht, dass sich Bubble Gum leise bei Vebi beklagte:

»Was für ein Pech … Keine historische Krise geht an mir vorbei … Genauso erging es mir mit dem Präsidenten Kennedy, gerade war ich dabei, groß in lukrative Geschäfte der Unterhaltungsindustrie einzusteigen, da wurde er ermordet, und ganz Amerika stand still. Einen ganzen Monat lang gab es keine Feier mehr, alles wurde abgesagt, niemand lachte, geschweige denn, dass er Unterhaltung suchte.«

Auf der Straße ging niemand im gewohnten Schritt. Alle hatten es auf einmal eilig, wobei sie den Eindruck erweckten, sie wüssten nicht, wohin sie wollten. Ausgenommen die Soldaten: Sie strebten zu ihren Kasernen zurück.

Auf einem kleinen Balkon neigte sich ein Mann über das

Geländer und setzte die jugoslawische Fahne auf Halbmast. Danach verharrte er in Habtachtstellung. Er wirkte traurig und stolz zugleich. Er trug Kniestrümpfe, einen Morgenmantel und auf dem Kopf ein Haarnetz.

DIE VERANTWORTUNG

Wie schon gesagt, an den Titel des Films kann ich mich nicht mehr erinnern. Doch es wäre auch keine große Hilfe, wenn ich gründlich überlegte, weil ich nicht mehr unterscheiden kann, was Film, was historisches Ereignis und was der Versuch war, etwas zu erzählen.

Ich weiß nur, dass jemand als Sündenbock herhalten musste. Es wurde eine Betriebsversammlung einberufen. Da wurde eifrig diskutiert und analysiert, wie sich jeder Einzelne in jenem schicksalhaften Moment verhalten hatte. Die Angestellten des *Ibar* behaupteten sofort, bei ihnen sei alles ordnungsgemäß, nämlich würdevoll, über die Bühne gegangen. Was hingegen das *Sutjeska* betraf, da fehlte wenig und man hätte das ganze Geschehen rekonstruiert. Um es aber nicht zu sehr auf die Spitze zu treiben, einigte man sich bei der Versammlung darauf, keinen anderen zur disziplinarischen Verantwortung zu ziehen als – den alten Simonović.

Erstens, weil niemand ihn in Schutz nehmen würde außer Momirovac. Und zweitens: Er sei nicht an seinem Arbeitsplatz neben der Tür gewesen. Er habe die Sicherheit der Kinobesucher aufs Spiel gesetzt, denn es hätte eine Panik ausbrechen können. Außerdem, wie jemand im letzten Augenblick einwarf, sei es Simonovićs Schuld, dass dem Ernst dieses historischen Moments ganz und gar nicht entsprechend, alle ewig lang in dem staubigen nachtblauen Vorhang hängen geblieben seien.

Und vielleicht wäre alles noch glimpflich abgegangen, das heißt mit einem Verweis, denn niemand wollte den alten Mann kurz vor seiner Pensionierung auf dem Gewissen haben, hätte Simonović nicht selbst seine Lage verschlimmert. Das Verfahren verlangte, dass er seinen Standpunkt zu der Verfehlung darlegte. Alle erwarteten ein reumütiges Geständnis in der Art »Es tut mir leid, ich habe meine Dienstpflicht verletzt« und ein paar ähnliche Floskeln. Nur ein wenig Blabla. Das hätte genügt, und alles wäre vergeben und vergessen gewesen. Aber Simonović, bedrückt wegen dem, was ihm da geschah, hatte bis zur nächsten Versammlung auf über hundertfünfzig Seiten seine Sicht der Dinge dargestellt.

Er fing an:

»Die Erklärung.«

Blickte dann um sich und fuhr fort:

»Als mich vor langer Zeit – niemand von euch wird sich daran erinnern – Herr Rudi Prohaska als Platzanweiser einstellte, als ich zum ersten Mal am Eingang des damaligen Kinos *Uranija* stand, war ich so stolz wie wahrscheinlich der heilige Petrus an der Himmelspforte ...«

Alle räusperten sich bedeutungsvoll. Die Kassiererin Slavica verdrehte die Augen, sie ahnte, dies würde lange dauern und sie würde es nicht zum Friseursalon *Solidarnost* schaffen, wo sie bei Karanfila einen Termin für eine Dauerwelle hatte. Andere sahen zu Boden oder prüften ihre Fingernägel. Vergebens, Simonović begriff nicht, dass er schon mit den ersten Worten auf dem Holzweg war und mit jedem weiteren Wort immer tiefer ins Verderben geriet:

»... ich glaubte, eine edle Pflicht damit zu erfüllen, dass ich den Menschen half hereinzukommen, bequem Platz zu nehmen und ungestört in eine andere, eine viel schönere Welt einzutauchen. Das betrachtete ich als meine größte Pflicht, aber langsam ...«

Und nach diesem »aber« begann der Platzanweiser Simonović »langsam« und nicht gerade der Reihe nach all das aufzuzählen, weswegen er enttäuscht war: die schlechte Kinderstube, die Taschenmesser, die Kaugummis, die Schalen von Sonnenblumen- und Kürbiskernen, die zerknüllten Tüten, das, was die Menschen alles in der Dunkelheit trieben (wenn sie glaubten, man sehe sie nicht), der Übermut, die immer schlechteren Filme und das immer miserablere Kinorepertoire, die geringe Auswahlmöglichkeit, die Uneinsichtigkeit, die unnötige Speichelleckerei und die überflüssige Reklame. Er führte aus, warum jeder Garten besser ist als ein zubetonierter Hof, wies darauf hin, wie sehr in der Gesellschaft geschauspielert und wie viel inszeniert wird, fragte, ob es richtig sei, fremdes Unglück zu betrachten und dabei Popcorn zu mampfen, wies auf die schlechten Plomben bei den Feuerlöschgeräten hin, auf die mangelnde Sorge für den Nächsten, auf den nie aufgeklärten Diebstahl von zehn Metern Feuerwehrschlauch, auf den desolaten Zustand der Regenrinne, auf die üblen Nachreden, auf die Notwendigkeit, neben den Eintrittskarten wieder Platzkarten einzuführen (damit jeder wisse, wohin er gehört), auf die Unsitte, noch während des Abspanns aufzustehen (dem man genau entnehmen könne, wer was geleistet habe), darauf, dass viele nichts verstehen und viele nur für sich selbst Verständnis haben … Vielerlei führte Simonović auf über hundertfünfzig Seiten ohne Punkt und mit unzähligen Kommas an, aber am längsten verharrte er bei der Gleichgültigkeit der Menschen gegenüber der wunderschönen, das Universum darstellenden Stuckarbeit an der Decke und schloss mit den Worten:

»… aber wir verstehen es nicht, zu bewahren, was uns gegeben wurde, und selbst wenn man uns das Paradies schenkte, würde es dort nicht viel anders zugehen.«

Vielleicht hatte Simonović wirklich nicht begriffen, was er hätte sagen sollen und was die Menschen gerne gehört hätten, hatte nicht verstanden, dass ein wenig Blabla ausgereicht hätte. Vielleicht aber war er auch des Ganzen überdrüssig geworden. Auf jeden Fall gab es niemanden, der sich durch seine »Erklärung« nicht beleidigt fühlte. Alle schwiegen. Und dieses Schweigen konnte nur eins bedeuten: Zunächst wurde in einer Abstimmung beschlossen, eine geheime Abstimmung durchzuführen, und als man dann die geheimen Meinungen auszählte, bekam Simonović statt eines harmlosen Verweises die glatte Kündigung.

Obendrein warf ihm die Kassiererin Slavica im Vorbeigehen bissig hin:

»Was bildest du dir eigentlich ein. Was soll der Quatsch mit dem heiligen Petrus! Erzähl das jemand anderem. Stundenlang müssen wir uns dein Gejammere anhören, als hätten wir nichts Wichtigeres zu tun.«

WAS ICH SONST NOCH WEISS

WAS AUS DEM GENOSSEN AVRAMOVIĆ WURDE

Ich weiß, dass der Genosse Avramović, als die feierliche Bestattung des Präsidenten schließlich zu Ende ging, wenn sie überhaupt je zu Ende ging … als die Staatsmänner wieder in ihre jeweiligen Länder zurückgekehrt waren … als die Tage der Trauer endeten, falls sie überhaupt je endeten … Ich weiß, dass nach all dem der Genosse Avramović weiterhin das *Sutjeska* aufsuchte, dort mit geschlossenen Augen und einem seligen Gesichtsausdruck in der ersten Reihe saß und von Zeit zu Zeit pflichtbewusst seine rechte Hand hob, wobei er stolz mehr als sechzig Muskeln benutzte. Ja, er tat das sogar mit noch mehr Stolz und gewissenhafter als früher, denn jetzt mussten wir alle die Ärmel hochkrempeln und uns nach Kräften bemühen, den großen Verlust wettzumachen.

Anfang der neunziger Jahre befand sich Avramović zufällig in dem anderen Kino, dem *Ibar*, wo anstelle einer Filmvorführung die Gründungsversammlung einer Oppositionspartei stattfand. Vielleicht weil er (irrtümlicherweise) in der ersten Reihe saß, vielleicht weil er den Eindruck erweckte, von den eigenen (unbegrenzten) Möglichkeiten überzeugt zu sein, vielleicht auch weil er sich (wohlweislich) nicht zu Wort meldete, jedoch zu allem (bereitwillig) mit dem Kopf nickend sein Einverständnis bekundete und als Erster (inbrünstig) allem zustimmte – vielleicht wurde er wegen all dem in den Parteivorstand gewählt. Aus seinem Dämmerzustand hochgeschreckt, brauchte er nur noch die Glückwünsche entgegenzunehmen. Er sagte:

»Endlich ist unsere Zeit angebrochen.«

Dieser Satz markierte das Ende der unumstrittenen Herrschaft der Kommunistischen Partei. Er wurde mehrmals in den Medien zitiert und kolportiert. Ähnliches sollte sich noch oft wiederholen. Wohin er auch ging, gleich welcher Versammlung der vielen wie Pilze aus dem Boden schießenden Parteien er beiwohnte, wurde Avramović als Mann größten Vertrauens und reichster Erfahrung in verantwortungsvollste Ämter gewählt. Immer sah man ihn mit selig geschlossenen Augen in der ersten Reihe sitzen, jederzeit bereit, »dafür« zu stimmen. Er wechselte mehrfach die Partei, es ist müßig aufzuzählen, welche, weil sich deren Liste monatlich änderte und auch heute allem Anschein nach noch nicht vollständig ist. Hier haben wir den besten Beweis, dass man vom Heben der Hand ganz gut leben kann.

Ob indes Titos Beisetzung tatsächlich zu Ende ist, vermag ich nicht mit Bestimmtheit zu beantworten. Im alten Ägypten war es Sitte, dass den Pharao mehr oder weniger freiwillig seine ganze Gefolgschaft ins Jenseits begleitete, seine Frauen und Geliebten, seine Berater und Heerführer, seine Bauherren und Schreiber, seine Sternedeuter und Köche, seine Pferde-, Hunde- und Vogelabrichter. Auf dem Balkan hingegen hat man es nie eilig, hier dauert alles etwas länger. So konnten Jahrzehnte ins Land gehen, ohne dass sich alle, die dem Herrscher treu gedient hatten, gegenseitig umbrachten. Deshalb kommt es einem manchmal vor, als sei dies die längste Bestattung in der Geschichte der Menschheit, als wohnten wir dieser Zeremonie seit über einem Vierteljahrhundert bei, als seien zu dem großen Sarkophag noch Hunderttausende kleiner Gräber hinzugekommen – als sei das gesamte ehemalige Jugoslawien ein einziges Denk- und Grabmal für den verstorbenen Präsidenten.

EINE ETWAS ANDERE BEERDIGUNG

Ich weiß, dass Bodo gestorben ist. Nicht, wie man vermuten würde, an seiner kranken Leber. Auch nicht am Herzen. Obwohl er auch weiterhin zu viel trank, hat nicht der Alkohol ihm den Garaus gemacht. Im Gegenteil, er verschied vollkommen nüchtern. Seine Saufkumpane behaupteten, gerade dies sei ihm zum Verhängnis geworden. Als er einmal nicht »nivellierte«, sondern vielmehr fest entschlossen war, dem Laster abzuschwören, als er für nur zwei Tage das Trinken gelassen hatte und die Welt plötzlich im richtigen Licht sah, raffte ihn ein Hirnschlag in einem einzigen Augenblick dahin. Statt großer Abschiedsworte stieß er mit letzter Kraft nur einen verbitterten Pfiff aus. Einen durchdringenden, auf zwei Fingern.

Auch wenn es ihnen nicht immer gelingt, sind die Totengräber doch bemüht, die Beerdigungen zu vergessen. An Bodos Beisetzung hingegen erinnern sie sich nicht nur gern, sondern reden immer wieder darüber und fallen sich gegenseitig ins Wort. Wenn jemandem daran liegt, kann er ja versuchen herauszufinden, wer da was gesagt hat:

»Die Sonne brannte höllisch vom Himmel ...«

»Die Erde war steinhart ... Seit Monaten hatte es nicht mehr geregnet ...«

»Ich sagte zu meinem Kollegen: ›Kollege Gorča, wie soll das gehen? Wir werden uns hier ohne Ende abrackern, und die Grube wird immer noch nicht tief genug sein. Hoffentlich verspätet sich der Pope Dane wie gewöhnlich und kommt nicht, bevor wir es geschafft haben ...‹«

»Und ich sagte zu meinem Kollegen: ›Budimir, es hilft alles nichts, komm, stecken wir die Grube ab und machen uns an die Arbeit ...‹«

»Kaum hatten wir die Spaten in die harte Erde getrieben ...«

»Als ...«

»Als ich plötzlich hörte, wie Metall auf Glas stieß ...«

»Wir arbeiteten vorsichtig mit bloßen Händen weiter ...«

»Und entdeckten eine gut verschlossene Flasche.«

»Randvoll, man sah nur eine winzige Luftblase, kleiner als in der präzisesten deutschen Wasserwaage.«

»Ich öffnete die Flasche. Nippte daran. Schnalzte mit der Zunge! Junge, das war erstklassiger Schnaps. Mindestens fünfzehn Jahre alt ...«

»Der Verstorbene war wirklich nicht knauserig. So etwas kriegst du heute nur noch selten ...«

»Andere nehmen nicht einmal Notiz von uns ...«

»Andere bieten uns nicht einmal ein Glas Wasser an ... Bei den Ärzten und Popen sparen sie nicht, man hört die Scheine nur so rascheln, aber wenn die Totengräber an die Reihe kommen, fangen sie an, in ihren Taschen zu kramen, finden nur jämmerliches Kleingeld, nie einen ordentlichen Schein ... Sie meinen wohl, das ist sowieso das Ende, wozu noch Geld investieren … Doch wie kurz ist das Leben im Vergleich zu der Ewigkeit im Grab …«

»Dieser da muss ein guter und großzügiger Mensch gewesen sein …«

»Wir haben ihm auch ein ordentliches Loch gegraben, da drückt ihn nichts, da liegt er recht komfortabel.«

»Wir haben mehr ausgehoben als vorgeschrieben: zusätzliche zwanzig Zentimeter in der Tiefe und je zehn in der Länge und in der Breite. Das Loch ist nicht nur passend, es ist geradezu herrschaftlich!«

»Es war eine ganz schöne Schufterei, aber es tut uns darum nicht leid.«

»Nur eins ist nicht klar: Woher wusste dieser Bodo, wo er begraben würde?«

»Mit einem Platz am Rande des Friedhofs neben dem Bahndamm musste er zwar rechnen, dort ist immer Krach, und niemand möchte seine nächsten Angehörigen neben dem Zaun ruhen lassen. Aber wie konnte er wissen, wo genau seine Grabstelle sein würde, um uns dort eine Flasche guten Schnaps zu hinterlassen?«

Mithilfe seines Plans brauchte man nur von einem Punkt zum anderen zu gehen. Aber obwohl sich viele auf die Suche machten, fand niemand Bodos Skizze mit den eingetragenen »Depots«. Nur vereinzelte Glückspilze stoßen auch heute noch ganz zufällig auf seine Reserven »zur Nivellierung der Wirklichkeit« – hier auf eine Literflasche, dort auf eine Halbliterflasche oder auf ein Minifläschchen.

Während Angehörige für ihre Verstorbenen am Grab eine Kerze anzünden, ihnen Blumen, Äpfel, Plätzchen, Zigaretten, Zeitungen, Zuckerwürfel und andere Beigaben für das Leben im Jenseits mitbringen, legt jemand hartnäckig Sonnenbrillen neben Bodos bescheidenen Grabstein. Einfache, billige Plastikbrillen, wie Straßenverkäufer sie anbieten. Und obwohl sie von Zeit zu Zeit gestohlen werden, legt dieser Jemand immer wieder neue hin. Als dürfe Bodo im Jenseits keinen Augenblick ohne Sonnenbrille sein.

SO WEIT, DASS ER NIE MEHR ZURÜCKKAM

Wer? Federle? Ich weiß nur, dass er verschwunden ist. Von Westen her aus Richtung Čačak hatte sich der Himmel verdüstert. Ein plötzlich aufziehendes Sommergewitter überraschte Federle mitten auf dem größten Platz der Stadt. Auf offenem Gelände. Obwohl er wie immer in seinem ständigen Wohnsitz, dem übergroßen Ballonmantel, Hausnummer XXXL steckte, gelang es ihm nicht, dem Wind zu entgehen. In den umliegenden Banken, Geschäften oder in der Lobby des Hotels *Turist* hätte man ihm ohnehin keinen Unterschlupf gewährt. Federleicht, wie er war, hob er sofort ab. Er konnte gerade noch ein kleines Knäuel roter Wolle aus seiner Manteltasche hinunterwerfen. Kinder fingen das Knäuel auf, und da das andere Ende des Wollfadens am Knopfloch seines Revers befestigt war, ließen sie Federle in die Luft steigen. Mal höher, mal niedriger. Der übergroße Ballonmantel blähte sich auf und fiel zusammen und füllte sich wieder. Die Kinder spielten mit Federle wie mit einem chinesischen Drachen.

Er breitete die Arme aus und flog. Dabei führte Federle

verschiedene kunstvolle Figuren aus. Wie auf einer Luftfahrtschau. Manche behaupten, dass er, nachdem er die Angst überwunden hatte, dort oben ausrief:

»Leute, das ist ja herrlich!«

Es gibt auch welche, die behaupten, Federle habe das Kleingeld aus seinen Manteltaschen hinuntergeworfen, auf den Dächern rund um den Platz hätten die Münzen nur so geklimpert, und er sei, nachdem er diesen Ballast abgeworfen hatte, immer höher geflogen. Manche fügen sogar hinzu, er habe dort oben den roten Wollfaden noch zwei oder drei Mal verlängert, da er mehrere Knäuel bei sich hatte.

Aber bevor der Sturm sich legte und die ersten dicken Tropfen eines lauen Sommerregens fielen, riss der Faden. Federle taumelte kurz umher und verschwand. Ja, zum Glück oder Unglück riss der rote Wollfaden, bevor der Regen so heftig herunterprasselte, dass selbst die Vögel nicht mehr fliegen konnten, und Federle war im Nu über alle Berge. Er flog so weit, dass er nie mehr zurückkam. Wahrscheinlich wollte er das auch gar nicht mehr, denn es gibt auch welche, die schwören, man habe Federle hie und da gesehen, wie er in seinem übergroßen Ballonmantel am Himmel segelnd immer noch ausrief:

»Leute, das ist ja herrlich!«

Es gibt natürlich auch solche, die das alles nicht glauben. Sollen sie ruhig. Federle kann das egal sein.

Gagi und Dragan haben sich ohne Pässe nach Italien abgesetzt. Dort zogen sie von einer Stadt zur anderen, um zu vermeiden, dass man sie aufgriff und auswies.

Anfangs bettelte Gagi vor den majestätischen Kathedralen. Später verrichtete er schwerste Arbeiten auf dem Bau ohne Vertrag und Versicherung. So schleppte er zum Beispiel eimerweise Mörtel für die Maurermeister, die die Fugen an diesen Kathedralen ausbesserten. Einige Male wäre er um ein Haar vom Gerüst heruntergefallen. Allerdings sah man von dort oben auch, wie schön Italien ist. Gagi dachte nach und rechnete aus, wie lange er bräuchte, bis er unten landen würde, falls er, Gott bewahre, hinunterstürzen sollte … Zehn Sekunden … vielleicht zwanzig … Mehr nicht … Und er schwor, beim Hinunterfliegen würde er nicht schreien und mit den Armen fuchteln, sondern in den Momenten, die ihm noch zum Leben blieben, nur lachen. Das Leben in Italien ist so schön, da muss man jeden Augenblick genießen.

Was Dragan tat, ist nicht schwer zu erraten. Er las Gagi vor, welche Pizza mit welchen Zutaten belegt war, und übersetzte ihm im Kino, was die Schauspieler sagten. Anders als bei uns liefen in Italien ausländische Filme ohne Untertitel, sie waren synchronisiert. Gemessen an den Grundbedürfnissen lebte Dragan auf Gagis Kosten prächtig. Das Geld gab er aus für Frauen, Glücksspiel und Wein. Hinter diesen Posten standen eine Menge Nullen. Die hohen Ausgaben rechtfertigte Dragan Gagi gegenüber mit angeblichen Privatstunden in Italienisch. Er behauptete, er müsse die sprachlichen Feinheiten beherrschen, damit ihm beim Übersetzen für Gagi keine Fehler unterliefen.

»Mann, die Fremdsprachen sind viel schwerer als unsere Muttersprache«, pflegte er sich zu beklagen, wenn sein Freund müde von der Arbeit kam. Er lernte im Liegen, das Buch ›Grammatica italiana‹ oder Zingarellis ›Vocabolario della lingua italiana‹ in der Hand, aber in beiden hatte er Comics mit möglichst wenig Text versteckt, etwa ›Il gatto Garfield‹.

»Du hast es wirklich schwer … Aber meinetwegen musst du dich nicht so abmühen. Hast du überhaupt schon etwas gegessen, hast du nicht Lust auf ein Eis?«, fragte Gagi, immer bereit, ihm das beschwerliche Leben angenehmer zu gestalten.

Doch Dragan lernte nie mehr als etwa hundert Vokabeln, er kam nie weiter als bis zum Präsens, zu den Grundzahlwörtern und zum persönlichen Fürwort *io*. Das hinderte ihn allerdings nicht daran, selbstbewusst die Dialoge in den Filmen »simultan« zu dolmetschen. Und Gagi war ihm dafür dankbar. Er war zufrieden. Mehr als zufrieden. Sollten die Leute doch sagen, was sie wollten, für den Analphabeten Gagi sprach Dragan so gut Italienisch wie der Papst, ja sogar wie Haile Selassie, der Kaiser von Äthiopien.

Italien war für die beiden das Gelobte Land. Das Land der Träume. In Italien war das Leben schön, und es wäre eine Sünde gewesen, es nicht jeden Augenblick zu genießen. Außerdem gab es in Italien nicht den lästigen Herrn Djordjević aus der fünften Reihe, der »überall seine Nase reinsteckte und sich in die Filmhandlung einmischte«.

Besagter Herr Djordjević indes wurde gegen Ende seines Lebens ein wenig »ballaballa«. Er begann all die Bücher, die zeitlebens Gegenstand seines Unterrichts gewesen waren, all die vielen Bände wieder Wort für Wort zu lesen. Er beschloss, alles von Grund auf neu zu erlernen, das Abc, die Fibel, die Grammatik, die Rechtschreibung, nahm sich danach die Kinderbücher vor und las schließlich wieder von der ersten bis zur letzten Seite die Werke bekannter einheimischer und ausländischer Schriftsteller wie Homer, Dante, Cervantes, Shakespeare, Dostojewski, Mann und andere, wobei er Rabelais und Gogol besondere Aufmerksamkeit schenkte. In jedem Buch unterstrich er fleißig die wichtigsten Gedanken, schrieb seine Bemerkungen an den Rand und notierte seine Schlussfolgerungen auf Tausenden von Zetteln.

Als er mit dem Ganzen fertig war, als er meinte, von sich behaupten zu können, er habe den ganzen Lehrstoff aufgefrischt, ging er zu dem Gymnasium, in dem er früher unterrichtet hatte. Dort holte er aus dem Archiv, genauer aus dem Keller, die Klassenarbeiten sämtlicher Schülergenerationen, die er jahrzehntelang in Sprache und Literatur unterwiesen hatte, Hunderte und Aberhunderte von Heften, und sah sie noch einmal durch. Man ließ ihn gewähren, weil man Mitleid mit ihm hatte. Er durfte eine abgelegene Kammer benutzen, gerade groß genug, um dort eine ausgediente Schulbank und einen Stuhl unterzubringen. Sollte er doch tun, was er wollte, Hauptsache, er mischte sich nicht in das neue Unterrichtsprogramm ein. Diese alten Aufsätze und verschimmelten Hefte interessierten ohnehin keinen mehr, wenn ihm danach war, sollte er sie doch alle Wort für Wort durchlesen. Aber so sehr sich der vorzeitig in den Ruhestand versetzte Professor für jugoslawische Literatur und die serbokroatische Sprache auch bemühte, er konnte sich keinen Fehler nachweisen.

So verstarb Herr Djurdje Djordjević in der Überzeugung, etwas übersehen beziehungsweise jemanden leichtfertig versetzt zu haben. Bis zur letzten Minute war er überstreng, vor allem gegenüber sich selbst. Am Ende dachte er über die Bewertung des eigenen Lebens nach: »Ein schönes Leben?« Er überlegte kurz und fügte hinzu: »Ungenügend (5)!«

Seine Erben teilten die Immobilien einvernehmlich unter sich auf und überwarfen sich danach. Die Dinge, die niemand haben wollte, wie die umfangreiche Bibliothek und die noch umfangreicheren Notizenbündel, schenkten sie dem Heimatmuseum, wo sie sich vermutlich immer noch befinden, denn es wären Jahre nötig, das alles zu sichten und zu ordnen.

HABEN WIR ALUFOLIE IM HAUS?

Ich weiß, dass Herr Eraković es nach mehreren Anläufen endlich geschafft hat, ein anerkannter Künstler zu werden. Zwar kein Filmstar, dafür aber ein bildender Künstler. Eines Nachts traf ihn einfach der Blitzstrahl der »Erleuchtung«, er weckte seine Frau und stellte ihr fiebernd vor Aufregung die Frage:

»Haben wir Alufolie im Haus?«

»Haben wir was?«, erwiderte sie schlaftrunken.

»Nimm dich zusammen, meine Liebe! Ich fühle, dass ich gleich schöpferisch werde! Haben wir Alufolie im Haus?«, wiederholte Eraković.

»Letzte Woche habe ich eine Rolle gekauft und noch nichts davon gebraucht«, antwortete Frau Eraković. Sie stand auf und zog ihren Morgenmantel über, bereit, ihrem Mann Gesellschaft zu leisten.

Im gestreiften Satinpyjama, die Haare zerzaust, mit zittrigen Händen und getrieben von aufwallender Inspiration öffnete Herr Eraković in dieser schlaflosen Nacht die Rolle und zerschnitt die zehn Meter lange, dreißig Zentimeter breite und zehn Mikronen dicke Alufolie. Das Ergebnis war ein Vielfaches: genau dreiunddreißig Selbstporträts. Im Kleinformat. Später sehr aufwändig gerahmt. Aber als sie noch nicht gerahmt waren, wagte Frau Eraković ihre Zweifel vorzubringen:

»Das sollen Selbstporträts sein?«

»Siehst du denn nicht, dass ich mich darin spiegele!«, sagte Eraković und hielt ein Folienstück näher an sein Gesicht. »Zu deiner Unterrichtung: Das ist die Intervention der Künstlerpersönlichkeit im Raum.«

Eraković gab seiner Ausstellung den bescheidenen Titel »Die Erakovićs«. Die Kunstkritiker waren außer sich vor Begeisterung. Die Presse der Hauptstadt berichtete darüber. Eraković gab selbstgefällige Interviews. Er erzählte, sein Leben lang hätten ihn »Engelsstimmen« gedrängt, etwas in dieser Art zu schaffen. Er ließ sich vor den gerahmten Alufolien fotografieren. In jeder von ihnen vervielfältigte er sich bis zur Unendlichkeit. Auch im Ausland erfuhr man davon, und obwohl unser Land zu der Zeit mit einem Embargo belegt war, wurde die Ausstellung »Die Erakovićs« in mehreren Hauptstädten Europas gezeigt. Auch dort erwies man ihr besondere Aufmerksamkeit und gebührenden Respekt.

Eraković gelang es allerdings nie mehr, etwas Ähnliches zu

schaffen. Die Muse wollte ihn einfach nicht mehr küssen. Um ihrem Mann zu helfen, kaufte Frau Eraković im benachbarten Supermarkt sämtliche Vorräte an Alufolien, Gummibändern und Zellophanblättern auf. Die Kassiererin bemerkte neidisch:

»Frau Eraković, das gibt ja eine Menge Eingemachtes.«

Frau Eraković, bislang eine stille Person, erkannte sich selbst nicht wieder, als sie sich ziemlich hochnäsig erwidern hörte:

»Packen Sie bitte alles ein und halten Sie Ihren Mund. Sie glauben doch nicht, dass ich mich mit Ihnen über Kunst unterhalten werde!«

EINE KUGEL, DIE IMMER WIEDER ABPRALLT

Vielleicht war Eraković nicht imstande, seinen großen Erfolg zu wiederholen, weil er nie mehr die »Engelsstimmen« vernahm. Sowohl Ž. als auch Z. waren nämlich als Angehörige der Jugoslawischen Volksarmee bei den ersten Kämpfen im auseinanderbrechenden Jugoslawien gefallen.

Zu einer gründlichen Untersuchung des Falles ist es nie gekommen. Augenzeugen behaupten jedoch, an allem sei eine einzige Kugel schuld gewesen, eine einzige, die einfach so aus Übermut immer wieder abprallte. Sie soll von der Seite, wer weiß wann und wer weiß woher, gekommen sein. Vielleicht vor mehreren Jahren. Vielleicht vor mehreren Jahrzehnten. Wobei auch Jahrhunderte nicht auszuschließen sind.

Woher sie auch immer gekommen war, die Kugel pfiff kurz, prallte an einer Metallplatte ab – es war eigentlich das Grenzschild mit der Aufschrift: »Willkommen in der Sozialistischen Föderativen Republik Jugoslawien« –, streifte den Geschützturm eines Fahrzeugs einer gerade anrückenden Panzerdivision, änderte launisch ihre Richtung, tippte leicht gegen den Helm eines Kriegsberichterstatters, genauer eines CNN-Journalisten, änderte allen ballistischen Gesetzen zum Trotz wieder ihre Richtung, durchbohrte ein paar Transparente mit der identischen und doch auf tragische Weise unterschiedlichen Aufschrift »Jedem das Seine«, welche einander feindlich gesinnte Gruppen von Demonstranten hochhielten, berührte leicht die Schläfe des Soldaten Ž., um wieder abzuprallen und die Schläfe des Soldaten Z. zu streifen.

Bei diesem Durcheinander merkte keiner, wohin die Kugel weiterflog. Und wie viele sie noch tötete. Und wie viele und aus welchem Winkel sie noch nach Jahren oder vielleicht nach Jahrzehnten töten würde. Wobei auch Jahrhunderte nicht auszuschließen sind.

Ž. und Z. sanken lediglich zusammen. Sie sahen nicht aus, als seien sie tot, waren es aber. Nein, abgesehen vom Blutfleck an ihren Schläfen sahen sie überhaupt nicht wie tote Jungs aus. Im Gegenteil, barhäuptig und mit geöffnetem Mund wirkten sie beide so, als wollten sie gerade ansetzen, schelmisch zu fragen:

»Würden Sie sich bitte etwas kleiner machen, wir können nichts sehen.«

Vrežinac befasste sich mit dem Vermitteln von Geschäften, verlor aber, wie jeder kluge Geschäftsmann, kein Wort darüber. Im Krieg blühte das Gewerbe: Benzin, Zigaretten, Babynahrung, Medikamente, allerdings schreckte Vrežinac auch vor Waffen nicht zurück. Nachdem alles vorüber war, im neuen Jahrhundert im neuen Jahrtausend, beschloss er, sich zu entspannen und zu seiner ersten Liebe, dem Tourismus, zurückzukehren. Natürlich waren seine Kunden nicht mehr Russen, denen er mit naiven Erotikfilmen die Schamröte ins Gesicht trieb. Jetzt widmete er sich der unteren Mittelklasse aus westlichen Ländern. Das beträchtlich zerstörte und verarmte Serbien war natürlich weniger attraktiv als andere europäische Reiseziele, aber Vrežinac erblickte gerade darin eine Chance.

Anfangs bot er eine klassische Tour namens »Ein Tag in Belgrad« an. Sie umfasste den Besuch der Festung Kalemegdan mit Blick auf die Mündung der Save in die Donau, die Besichtigung von Titos Grab im sogenannten »Blumenhaus«, einen Rundgang zu den von den NATO-Bomben zerstörten Gebäuden und ein Abendessen in einem Restaurant, wo die Ausländer zechen konnten, bis sie todmüde unter den Tisch fielen.

Damit begann er, aber später bereicherte der Tschitschikow unserer Tage sein Angebot um das Arrangement »Tourismus extrem – Innenansichten«. Die Touristen sollten sich an einem verlängerten Wochenende in kleinen Gruppen ausschließlich durch Innenhöfe bewegen und nur über die Straße gehen, wenn sie von einem Viertel in ein anderes wechselten. Die Übernachtung war in verfallenen Atomschutzbunkern vorgesehen.

Die Fremden fanden dieses Gewirr von Hauseingängen, Passagen, Zäunen, Pfaden zwischen Garagen, von allem, was sich hinter würdigen Häuserfassaden verbarg, unheimlich interessant. Darüber hinaus war dieses Labyrinth auch unheimlich aufregend. Man begegnete Stadtstreichern, Menschen, die angeblich von der Reparatur von Regenschirmen oder vom Messer- und Scherenschleifen lebten, Bettlern, deren Gesichter nicht zu sehen waren, weil ihre Köpfe ständig in Mülltonnen steckten ... manchmal sah man einen Dieb um ein Auto herumschleichen, manchmal eine versuchte Vergewaltigung ... einen Jungen, das Gesicht in eine Plastiktüte mit Klebstoff vergraben ... Ausrangiertes Zeug auf den Treppenabsätzen ... Kellerräume, die wie Museen der Heizungstechnik aussahen mit ausgedienten Kohleherden, Ölöfen, Kachelöfen ... Da sah man Frauen, die den ganzen Tag mit Lockenwicklern im Haar herumliefen, jederzeit bereit auszugehen, vorausgesetzt, ihre Männer würden je wieder nüchtern ... Ältere Männer, die ohne jedes Maß ihre Bierbäuche pflegten, oder jüngere, die auf jeden Muskel achteten und sich auf den Balkonen bis zum Gehtnichtmehr im Heben von Gewichten übten ... Armeleutewäsche, die immer die Wäsche von armen Leuten bleibt, gleich wie sie auf die Leine gehängt wird ... Verblühte Damen, die, ihre Arme auf Kissen gebettet, in den Fenstern lehnen und so tun, als hielten sie mit dem Opernglas gar nicht Ausschau nach knackigen jungen Männern ...

Den Fremden gefiel das alles, weil sie für die paar Tage vergessen konnten, dass es bei ihnen zu Hause ähnlich zuging. Und weil ihnen der Zustand zu Hause, an diesem hier gemessen, jetzt erträglicher erschien.

Der Tschitschikow unserer Tage rieb sich die Hände. Und wie jeder kluge Geschäftsmann ließ er darüber kein Wort verlauten.

ALS DER KRIEG IN DIE FRIEDENSSCHRANKEN GEWIESEN WURDE

Ibrahim, seine Frau und Jasmina verließen während des Krieges die Stadt. Die besten und größten Schaumschnitten, das eingerahmte Diplom als freiwilliger Blutspender, das letzte in der Straße verbliebene Firmenschild in kyrillischer Schrift waren noch kein ausreichender Beweis seiner Loyalität. Letzteres war sogar Anlass zu ständigem Argwohn:

»Will er uns nur Honig um den Bart schmieren? Oder führt er etwas gegen uns im Schilde?«

Niemand begriff, dass Ibrahim das in kyrillischer Schrift gesetzte Firmenschild seiner Konditorei *Tausendundeine Leckerei* nicht ändern wollte, weil er uns achtete. Allerdings verunsicherte ihn die immer größer werdende Zahl an Schildern in lateinischer Schrift um ihn herum und er fragte sich, ob er uns überhaupt etwas recht machen konnte.

Nacht für Nacht drohte Krle der Abrichter damit, Hände abzuhacken. Einmal betrat er Ibrahims Konditorei, bestellte und verspeiste drei Schaumschnitten, spülte sie mit einem Glas Boza hinunter und weigerte sich zu bezahlen. Stattdessen gab er Ibrahim zu verstehen:

»Wenn deine Frau mir heute Abend nicht ihre Tätowierung auf dem Handrücken zeigt, komme ich morgen früh, um sie mir selbst anzusehen. Aber vollständig und nach Herzenslust!«

Ibrahim erwiderte nichts. Er nahm sich zusammen. Am nächsten Tag war er fort. Zusammen mit Jasmina. Und mit seiner Frau. Auf der Kühlvitrine hinterließ er einen Zettel mit genauen Anweisungen: »Die Schaumschnitten sind frisch. Die Kremschnitten müssen zuerst weg.«

Später, als der Krieg vorbei (genauer gesagt, als er in die Friedensschranken gewiesen) war, schwor Krle der Abrichter immer wieder, Ibrahim sei aus eigenem Entschluss gegangen … Er habe endlich das Geld für die Reise nach Australien zusammengehabt, wo er den einzigen Mann suchen wolle, der außer ihm wusste, wie die Tätowierung auf der Hand seiner Frau aussah und wo sie endete.

»Ich habe sie nicht verjagt! Die sind von selbst gegangen! Übrigens, warum versteckte die Frau das! Ich kann es ja schließlich auch allen zeigen.« Und Krle knöpfte sein Hemd auf und gewährte der ganzen Welt den Anblick der Ornamente auf seiner Haut.

WAS MAN UNTER EINEM GROSSEN FISCH VERSTEHT

DER ZWISCHENRAUM

Aber Krles spektakulärer Auftritt, bei dem er sein Hemd aufknöpfte und allen seine Tätowierung zeigte, kam danach. Nicht nur in zeitlicher Hinsicht. Man muss auch deshalb danach sagen, weil es im *Sutjeska* zwischen der neunten und der zehnten Sitzreihe einen Zwischenraum gab. Und dem sollte auch diese Erzählung gerecht werden, bei der ich mir allerdings nicht mehr sicher bin, inwieweit sie eine Erzählung oder echtes geschichtliches Ereignis oder ein aus vielen skrupellos abgezweigten Bildsequenzen zusammengeschnittener Film ist.

Ich weiß, dass der alte Simonović Ende Juni, zwei Monate vor seiner Pensionierung, die Kündigung erhielt. Und er blieb nicht nur ohne Arbeit, er musste auch noch aus seiner Rumpelkammer/Wohnung ausziehen. Den Vorschlag des Rechtsanwalts Lazar Lj. Momirovac, Beschwerde einzulegen, lehnte er ab. Am selben Tag, an dem ihm der Bescheid über die Beendigung des Arbeitsverhältnisses ausgehändigt wurde, begann er, seine Sachen zu packen. Viel war das allerdings nicht. Das Nötigste an Kleidung, die Platzanweiseruniform mit der Mütze aus der Vorkriegszeit, das Essbesteck, Hygieneartikel, einige

Fotos, der Ordner mit seiner endlos langen »Erklärung«, das Übliche. Dazu noch die Leiter und der Papagei. Die Leiter wollte er nicht zurücklassen. Längst verfügte jeder Haushalt über ein Fernsehgerät, und für diejenigen, die noch keinen Farbfernseher hatten, beschrieben die Moderatoren damals minutiös die Farben jedes gezeigten Gegenstands; längst wurde die Erde von künstlichen Satelliten umkreist; längst hatten die Menschen den Mond erobert und Raumsonden ins Weltall geschickt; die halsbrecherische Reinigung der Kinosaaldecke durch den Schornsteinfeger Mispel war in Vergessenheit geraten, aber der alte Platzanweiser Simonović mochte sich nicht von einer ganz gewöhnlichen Leiter trennen. Es faszinierte ihn immer wieder, wie sich das Bild veränderte, sobald man auf die erste Sprosse trat, und erst recht, wie sich das Blickfeld weitete, wenn man die zweite oder die dritte Sprosse erklomm. Nein, die Leiter mochte er nicht hergeben. Das Vögelchen auch nicht. Obwohl der Papagei nichts gesagt hatte, als Simonović die Kündigung bekam. Arglos mit seinen Äuglein zwinkernd, flog er nur auf seine Schulter, sagte aber nichts.

So wie er auch nichts gesagt hatte, als Rudi Prohaska, von dem Spitzel, dem Unsichtbaren, angezeigt, die Begegnung mit dem gnadenlos auf ihn einprügelnden Blinden um ein Haar mit dem Leben bezahlt hätte.

So wie er auch nichts gesagt hatte, als die ersten deutschen Truppen nach einem kurzen Scharmützel im April 1941 in Kraljevo einmarschiert waren.

Und so wie er auch nichts gesagt hatte, als man den Juniorpartner des *Uranija*, Rudi Prohaska, als einen der ersten Bürger der Stadt in die Kommandozentrale der Gestapo bestellte.

EIN ARMSELIG KLEINES HAKENKREUZABZEICHEN

»Oh, mein Gott … oh, mein Gott …«, wiederholte Mara, während sie ihren Mann für dieses Treffen zurechtmachte, ihm half, das Sakko anzuziehen, seine Krawatte gerade zupfte, immer wieder ein anderes Tüchlein in die Brusttasche steckte. »Oh, mein Gott … Gib acht, Rudi, was du dort sagst. Sprich bitte Deutsch mit ihnen, versprich mir, dass du nicht Serbisch sprichst … Oh, Gott, auf Serbisch sagst du immer etwas Unpassendes …«

Das Gespräch bei der Gestapo war jedoch kein Gespräch. Rudi wurde dort lediglich eine Liste von Filmen ausgehändigt, die nicht gezeigt werden durften. Das Dritte Reich glaubte nicht, mit dem Filmvorführer Prohaska etwas zu besprechen zu haben. Er wurde nicht einmal von einem Offizier empfangen, sondern von einem Zivilisten mit wässrig blauen Augen, an dessen Revers angesichts der Fülle möglicher Orden ein vergleichsweise armselig kleines Hakenkreuzabzeichen steckte. Er schaute Prohaska an und zugleich durch ihn hindurch.

»Bestätigen Sie mit Ihrer Unterschrift, dass Sie alles verstanden haben.«

Dies sagte er nicht einmal auf Deutsch, sondern auf Serbisch. Dieser Mann, der Rudi Prohaska den Befehl übermittelte, hieß Johann. Er war ein Volksdeutscher, einer von unseren Deutschen aus dem Banat. Jedenfalls einer von den Menschen, die in der endlos weiten Ebene aufgewachsen sind und hier unbewusst den Kopf einziehen aus Furcht, die nahen Berge könnten jeden Augenblick auf sie herunterstürzen. Herr Prohaska musste sich beherrschen, darauf nichts zu erwidern. Wut kochte in ihm: Er war mit gemischten Gefühlen hergekommen, einerseits stolz, andererseits beunruhigt, weil er befürchten musste, erschossen zu werden, aber dann wurde er von einem zwangsverpflichteten Schreiberling empfangen, der unter Umständen noch mehr Angst hatte als er. Wieder zu Hause, antwortete er auf Maras Fragen nur knapp:

»Der Unsichtbare war mir lieber, dieser da hat mich ganz und gar gedemütigt.«

Allerdings kann man nicht sagen, es habe keine Erschießungen gegeben. Im Oktober, nach Kämpfen gegen vereinigte Einheiten von Tschetniks und Partisanen liquidierten die Deutschen fast zweitausend Zivilisten. Als Vergeltung und aufgrund einer simplen Rechenoperation: für einen toten Deutschen hundert, für einen verwundeten fünfzig Serben.

So erschoss man Postbeamte, Schlossermeister, Lehrer, Schuhmacher, Bauern, Tierärzte, Maurer, Klempner, Schmiede, Gießer, Ingenieure, Telegraphisten, Monteure, Schneider, Bäcker, Barbiere, Rangierer, Heizer, Stellmacher, Waldhüter, Hausfrauen, Schüler, Lokführer, Weichensteller, Druckereiarbeiter, Gärtner, Schreiber und am häufigsten Musiker, denn bei den Roma trug man, ohne groß zu fragen, hinter ihren Vor- und Familiennamen diesen fröhlichen Beruf ein.

Das Exekutionskommando erledigte seine Pflicht, die Erschossenen hingegen führten ihre Arbeit nie mehr zu Ende: Sie verschickten keine Briefsendungen mehr, die prallen Postsäcke vermoderten im Keller der Post … Sie reparierten keine Haustore mehr, folglich quietschten die Scharniere und die Türen schlossen nicht richtig. Sie kamen nie weiter als bis zum Buchstaben D, und mit vier Buchstaben kann man keine großen Sprünge machen … Sie ernteten nie mehr das Obst, die schwer gewordenen Äste in den Obstgärten brachen unter der Last der Früchte … Sie bereiteten nie mehr die Listen für die Viehimpfungen vor, Seuchen breiteten sich aus, den Kälbern mit ihren großen Augen hing ständig Rotz ums Maul … Sie beendeten nie mehr Vorlesungen über Maßeinheiten, pressten nie mehr die Blasebälge ganz zusammen, die Luft darin wurde muffig … Sie reinigten nie mehr die Gusspfannen, die Eisenrinnen, die Gussformen, das flüssige Erz erstarrte darin und oxydierte … Sie verarbeiteten nie mehr den Hefeteig, er quoll über die Ränder der Schüsseln hinaus und verdarb … Sie pflegten nie mehr die Wälder, die Jungbäume schnitt jeder nach Lust und Laune … Sie hängten nie mehr die getrocknete Wäsche ab, die Tischdecken, Kopfkissenbezüge und Bettlaken … Nie mehr stellten sie Dutzende von Anträgen und Beschwerden fertig … Und vor allem machten die Erschossenen es den Überlebenden unmöglich, je wieder aus vollem Hals zu singen.

VERGNÜGEN ODER BÖSES SPIEL

Während der Besatzungszeit küsste Mara ihren Mann öfter als gewöhnlich. Kaum setzte er an, etwas zu sagen, schmiegte sie sich schon an ihn und drückte ihre Lippen auf die seinen. Sie hatte ihm das Versprechen entlockt, das Vögelchen nie mehr mit in die Stadt zu nehmen. Mara war überzeugt, dass der hoffnungslos überschätzte Papagei niemals sprechen würde, und fürchtete sich vor dem, was Rudi in Anwesenheit anderer Leute zu seiner Demokratie sagen könnte.

Im *Uranija* wurden nur noch von der Gestapo erlaubte

Filme gezeigt. Vor jedem Film berichtete die Wochenschau über die militärischen Erfolge der Wehrmacht. Donnernde Kanonen unter Tarnnetzen, Infanteristen stürmen furchtlos aus den Schützengräben, deutsche Panzerkolonnen erobern Städte, die Landkarte Europas kaum noch zu erkennen, weil vollgespickt mit Pfeilen, die das Vordringen der deutschen Einheiten darstellen, wehende Fahnen auf Marktplätzen, immer wieder Nahaufnahmen deutscher Soldaten in Reih und Glied im Halbprofil mit sichtlich angespannten Halssehnen und fest zusammengepressten Kiefern, der Führer hält Reden vor immer jüngeren Elitetruppen …

Selbst als das Dritte Reich begann, an allen Fronten Verluste zu erleiden, änderte sich nichts. Nur eine gewisse Gerda, die Geliebte des Gestapo-Kommandanten von Kraljevo, gab, durch die Hauptstraßen der Stadt galoppierend, ihrem Rasseschimmel immer wütender die Sporen, wenn sie in Begleitung zweier Schäferhunde kreuz und quer durch die Stadt ritt. Gerda war eine hübsche, dunkelhaarige Frau im vollen Saft, jedoch erfüllt von einem großen Zorn. Manchmal trieb sie ihren Schimmel gegen Fußgänger und genoss es, hochmütig lächelnd, zuzusehen, wie diese panisch die Flucht ergriffen. Sie erwirkte sogar, dass ein deutscher Militärkameramann sie bei diesem – je nach Sichtweise – Vergnügen oder bösen Spiel filmte.

Rudi Prohaska wurde einige Male gezwungen, das *Uranija* außerhalb der regulären Vorstellungen eigens für sie zu öffnen und ihr diesen zehnminütigen Film vorzuführen: Gerda in Reithosen und mit hohen Stiefeln, der sich aufbäumende und wie entfesselt galoppierende Schimmel, die beiden Schäferhunde, die der jungen Frau nicht von der Seite wichen. Sie saß allein im Saal und verlangte nicht selten, den Streifen wieder und wieder zu sehen. Dem damals noch jungen Platzanweiser Simonović, der in seiner Paradeuniform in Habtachtstellung neben dem nachtblauen Vorhang verharrte, fiel auf, dass Gerda nicht ein einziges Mal lachte – im Gegenteil, sie verließ den Saal mit geröteten Augen. Es war offensichtlich, dass sie im Dunkeln geweint hatte.

Kurz vor Kriegsende rettete sie Rudi Prohaska das Leben. Was war vorgefallen? Genau weiß man es nicht, sicher ist nur so viel, dass der Inhaber des *Uranija* Filmrollen vertauscht hatte und anstelle der Wochenschau einen amerikanischen Film laufen ließ, der durch Zufall im Vorführraum liegen geblieben war. Es kam zu einem Eklat. Soldaten sprangen von ihren Sitzen, ein Offizier griff nach seiner Pistole. Prohaska kam aus seiner Vorführkammer und versuchte zu erklären und sich zu entschuldigen. Der Offizier entsicherte die Pistole, man hörte, wie die Kugel in den Lauf glitt, es fehlte nur noch wenig, dass sie ihre tödliche Bahn antrat, als Gerda sich vor Rudi stellte. Sie flüsterte dem Offizier etwas ins Ohr, worauf dieser lachte und die Pistole sinken ließ. Gerda winkte kapriziös ab und gab damit Prohaska das Zeichen, sich zu entfernen.

Beim Rückzug der deutschen Truppen aus Kraljevo weigerte sie sich, den letzten Zug ohne ihr Pferd und die beiden Hunde zu besteigen. Alle Viehwaggons waren schon seit der Abfahrt des Zuges aus Griechenland mit Verwundeten belegt. Sie wollte nicht. Johann hingegen, der zwangsverpflichtete Schreiberling aus dem Banat, durfte nicht in den Zug steigen, denn jemand hatte beschlossen, die hiesigen Deutschen sollten hierbleiben. Der Zug setzte sich ohne einen Pfiff in Bewegung. Gerda stieg auf ihren Schimmel und verließ im Galopp die Stadt.

Der Dampf der Lokomotive hatte sich noch nicht verzogen, als die Gleisarbeiter Johann neben dem Bahndamm schon zu Tode geprügelt hatten. Er versuchte nicht zu fliehen, hockte sich nur hin und bedeckte seinen Kopf mit den Händen. Man ließ ihn auf dem Rücken liegen, mit seinen wässrigen, weit aufgesperrten Augen, die in den Himmel starrten und doch nichts sahen. Gerda kam nicht weit. Da die Brücke über die Westliche Morava zerstört war, wollte sie an einer seichten Stelle den Fluss überqueren. Aber bei der Westlichen Morava weiß man nie, woran man ist, ihre Strudel wandern ständig, öfter als die Wolken vereinigen sie sich und strömen wieder auseinander. Ein Strudel erfasste die kleine Gruppe, die Tiere schafften es noch, das andere Ufer zu erreichen, Gerda aber war verschwunden. Der Schimmel schüttelte sich kurz unter seinem Sattel und galoppierte weiter. Die Schäferhunde jedoch blieben am Ufer. Sie schlichen noch lange durch das Weidengestrüpp, tagsüber hier und dort schnuppernd, in der Nacht pausenlos heulend.

EINE SICH MERKWÜRDIG SCHLÄNGELNDE KANALISATION

Rudi Prohaska durfte endlich wieder mit dem Vögelchen in der Brusttasche durch die Stadt gehen. Er durfte auch Filme seiner Wahl zeigen. Etwa zehn Tage lang. Dann wurde der Juniorpartner des *Uranija* wieder als einer der ersten Bürger der Stadt aufgefordert, sich beim neuen, von den Partisanen geleiteten Ortskommando zu melden. Und wieder verabschiedete Mara ihren Mann mit den Worten:

»Oh, Gott, … oh, Gott … Pass auf, was du sagst …«

Und wieder bekam Prohaska zu hören, welche Filme erwünscht und welche verboten waren. Und wieder gab es Erschießungen vor allem von Unternehmern, Kaufleuten und anderen betuchten Bürgern, die im Schnellverfahren zu Kollaborateuren erklärt worden waren. Nur dass dieses Mal niemand darüber Buch führte und Nacht für Nacht ein anderer Ort gewählt wurde, an dem man sie erschoss und vergrub. Die nächtlichen Gewehrschüsse sind inzwischen längst verklungen, die Zeugen an ihrem Schweigen erstickt, heute kümmert das kaum jemanden mehr. Aber wenn man sich an der Uferpromenade des Ibar die Anordnung der Schachtdeckel und der Gullys näher anschaut, stellt man fest, dass der Verlauf des nachträglich erweiterten Kanalisationssystems nicht wie üblich gerade ist, sondern einer Schlangenlinie folgt. In der Stadt wird gemunkelt, dass man dadurch die Stellen umgehen wollte, wo die Erschossenen heimlich verscharrt worden waren. Es ist nicht bekannt, ob sich jemand je die Mühe gemacht hat, diesem Gerücht nachzugehen.

Gleich nach dem Krieg wurde alles verstaatlicht, was halbwegs von Wert war. Unter anderem auch das Hotel *Jugoslavija* und das Kino *Uranija*. Die beiden Inhaber, Mara und Rudi, ließ das kalt. Schon bis dahin hatten sie sich nicht übermäßig um materielle Dinge gekümmert, wozu also jetzt den alten, mit zerschlissenem Samt bezogenen Sesseln, dem staubigen Vorhang, der veralteten Kinoapparatur nachtrauern … Hauptsache, sie waren zusammen und liebten sich noch immer. Übrigens, sie blieben im Kino, allerdings als Angestellte, und Rudi Prohaska pflegte weiterhin auf das Vögelchen zu zeigen und zu wiederholen:

»Du sagst ja immer noch nichts … Komm, sag wenigstens, wie du heißt!«

Worauf Mara jedes Mal mahnte:

»Rudi, hör damit auf … Hätte er gewollt, hätte der Papagei schon längst etwas gesagt! Dieser Vogel kennt nur Fressen und Mausern. Und dazu hinterlässt er mit Verlaub überall die Spuren seiner Geschäfte.«

In der Tat, der Vogel sagte nichts. Dafür aber redeten die Menschen.

Laza Jovanović, derjenige, der linke und rechte Soldatenstiefel zusammengefügt und später das Hotel *Jugoslavija* gebaut hatte, war immer noch am Leben und immer noch enttäuscht:

»So hatte ich mir das nicht vorgestellt.«

Božo Cuger, der alte Kämpfer, der immer seltener seine Kriegskameraden traf und immer öfter an den Ibar zum Angeln ging, kratzte sich am Bauch und erwiderte:

»Ehrlich gesagt, ich auch nicht.«

Ein gewisser armer Teufel namens Milkinac:

»Freunde, ich gehe nach Amerika. Im Land der unbegrenzten Möglichkeiten findet man alles, dort gibt es Leute, die ausschließlich von Kaugummi leben. Ihr könnt euch schon jetzt darauf vorbereiten, mich eines Tages wie Rockefeller zu empfangen!«

Der Spitzel, der Unsichtbare, als man ihn erkannte:

»Entschuldigung, wie haben Sie mich erkannt?«

Und etwas später, als man ihn verhaftete:

»Ich protestiere aufs Schärfste! Sie verwechseln mich mit jemand anderem!«

Und noch etwas später, nach der ersten vom Polizeiinspektor verpassten Ohrfeige:

»Können wir uns vielleicht arrangieren? Wie viel bekomme ich, wenn ich sage, dass es ein gewisser Blinder war?«

Der prügelnde Blinde, als man ihn ausfindig machte:

»Gott sei Dank, endlich seid ihr da. Seit Jahren warte ich darauf. Ich kann nicht mehr ruhig schlafen nach all dem, was ich angerichtet habe …«

Der Kadermensch Zwinkerer, der an jeder Zigarette so lange zog, bis er die Glut an seinen Lippen spürte:

»Genosse Panta, ich sage dir im Vertrauen: Es wird behauptet, das Essen in der Volksküche sei ohne jeden Geschmack. Deine Aufgabe besteht jetzt darin, vor anderen Menschen dort zu essen und dich nicht über die schlechte Verpflegung zu beklagen. Genosse Panta, die Partei rechnet mit deinem Appetit. Du kannst jetzt sozusagen wegtreten.«

Der Meisteresser Panta, während er im Büro des Kadermenschen durch die Rauchwolken die gerahmten Porträts des geheimnisvoll lächelnden Stalin und des väterlich lächelnden Genossen Tito (oder konnte das vielleicht einem verängstigten Menschen umgekehrt erscheinen …) erahnte:

»Das kommt nicht infrage! Ich bin ein Feinschmecker!« Nach kurzem Überlegen: »Oder kriege ich drei Mahlzeiten täglich?«

Der traurige Schneider Marko, als Marschall Josip Broz Tito zum ersten Mal Kraljevo besuchte, mitten in der versammelten Menge auf dem Hauptplatz, kaum die Lippen bewegend, als fürchte er, die nicht vorhandenen Stecknadeln könnten herausfallen:

»Psst … Desa, lass das … Hör bitte auf …«

Worauf die verrückte Desa noch heftiger prustete:

»Deshalb lache ich ja, ha-ha-ha … Damit ich ihn, hi-hi-hi, leichter ertrage …«

Der Geistliche, Vater Danc, als man ihn nach irgendetwas fragte, das Evangelium nach Johannes zitierend (die Bibel hatte sich von selbst an der Stelle geöffnet):

»Spricht Jesus zu ihnen: Bringet her von den Fischen, die ihr jetzt gefangen habt! Simon Petrus stieg hinein und zog das Netz auf das Land voll großer Fische, hundertdreiundfünfzig. Und wiewohl ihrer so viel waren, zerriss doch das Netz nicht.«

Und wieder der alte Kämpfer Božo Cuger, sich wieder am Bauch kratzend und ohne Hemmung vor anderen Menschen aus dem Nabel ein Knäuel Baumwollflusen herauspulend:

»Aber was versteht ihr unter einem großen Fisch? Ich zum Beispiel freue mich auch über einen kleinen Semling!«

Einige Kinder, die Hauptstraße entlanglaufend:

»Mispel ist runtergefallen, Mispel ist runtergefallen! Er ist vom Schornstein gestürzt …«

Herr Mališić, genannt die Obrigkeit, während er auf den Stempel hauchte und mit der Faust die Steuermarken des neuen Staates auf verschiedene Schriftstücke drückte, die Bittsteller über den Brillenrand musternd:

»Habt ihr es eilig?«

Er war etwas gelb geworden im Gesicht, vielleicht trat ihm der staatliche Leim tatsächlich schon aus den Poren.

TSCHP-TSCHP-TSCHP-TSCHP ...

Zuerst starb Frau Mara. Im Schlaf, im Bett, sie sah aus, als wäre sie nur eben eingenickt. Kurz darauf folgte ihr auch Herr Rudi Prohaska. Das geschah auf der Straße. Ihm wurde schwindelig, er fiel zu Boden, das Bild der Welt drehte sich, als stehe durch einen Fehler des Filmvorführers das Bild auf der Leinwand kopf, sodass der Himmel unten ist, während oben die Beine der Filmhelden strampeln ... Passanten eilten herbei:

»Ist Ihnen schlecht geworden?«

»Wie fühlen Sie sich?«

»Was ist mit Ihnen?«

»Es ist zum Lachen«, sagte Rudi Prohaska, bevor dieses verdrehte Bild der Welt auch noch anfing zu »brennen«.

Anstelle der Farben sprossen hie und da weiße Knospen, blühten auf, wurden größer und größer und verschmolzen schließlich zu einem einzigen Weiß, zu einer einzigen Leere. Man brachte ihn ins Krankenhaus, die Ärzte taten ihr Bestes.

Der gute Tscheche kam zwar vorübergehend zu sich, sah aber noch immer nur das Weiß, wie wenn ein Projektor leer ohne Filmstreifen läuft. Allerdings war er in der Lage zu hören. Jemand ordnete an, man solle ihn in das Zimmer Nummer sieben bringen, ein Arzt flüsterte etwas Unverständliches, er vernahm das Klimpern der Injektionsampullen, das etwas lautere Klirren der Instrumente, das Abreißen von Pflasterstreifen, später auch das gedämpfte Kichern zweier Krankenschwestern im Korridor:

»Sollen wir nach dem von der Nummer sieben sehen?«

»Lass mal, der Opa läuft uns schon nicht weg. Warte, ich muss dir was erzählen ...«

Prohaska hörte auch Simonović an seinem Bett seufzen. Er wollte witzig sein und murmelte:

»Noch ist nicht alles im Eimer, mein lieber Platzanweiser … Das Bild ist zwar weg, aber der Ton ist immer noch da …«

Dann fügte er ernst hinzu:

»Pass wenigstens auf die Decke auf, es wäre ein Jammer, wenn sie kaputtginge. An dem aber, was sich unter ihr im Kinosaal abspielt, kann man schwer etwas ändern. Und noch etwas. Ich bitte dich, kümmere dich um mein Vögelchen. Die Menschen haben bisher nichts Besseres erfunden als die Demokratie … Gib nicht auf, eines Tages wird sie sich schon melden. Hauptsache, sie sagt irgendetwas, danach geht es von selbst … Ganz von selbst …«

Dann blieb auch der Ton weg. Alle Krankenhausgeräusche verstummten. Eine Weile hörte Herr Rudi Prohaska nur noch ein rhythmisches Geräusch, wie wenn eine Filmrolle durchgelaufen ist und das lose Ende des Zelluloidstreifens bei jeder Drehung gegen etwas schlägt:

Tschp-tschp-tschp-tschp …

Schließlich erstarb auch dieser monotone Klang. Das weiße Bild drehte sich von Neuem und wurde ganz schwarz.

ORDNUNGSHALBER

Auch als Herr Prohaska starb, sagte der Vogel nichts. Er sagte auch nichts, als Simonović die Sorge um ihn übernahm. Einem Neffen von Mara, der plötzlich in der Stadt auftauchte, um das Erbe anzutreten, fiel offensichtlich ein Stein vom Herzen. Was sollte er mit einem Papagei, der noch dazu einen so heiklen Namen hatte? Er brauchte ein paar Tage, um den Papierkram zu erledigen, das Haus von Mara und Rudi zu verkaufen und wieder dorthin zu verschwinden, woher er gekommen war. Einige Male stieß er noch ordnungshalber Seufzer aus:

»Oh, arme Tante ... Oh, armer Onkel ...«

Das war alles.

NUR NOCH EIN GESPRÄCH

Der Platzanweiser Simonović gab nicht auf, allerdings kann man auch nicht behaupten, dass er große Hoffnungen hegte. Etwa Mitte der siebziger Jahre fand in Kraljevo eine Vogelausstellung statt. Bunte Federn, Flügel, Köpfchen, die kurz hervorlugten und sich wieder zurückzogen, Kreischen und Zwitschern ... Zwischen all diesen Federgeschöpfen auch einige Papageien. Simonović trat mit der Demokratie in der Brusttasche an einen der Aussteller heran und wollte von ihm Näheres über seinen Vogel erfahren.

»Eine seltene Art. Langlebig«, stellte der von Vogelkäfigen umgebene Mann fest.

»Aber kann er auch sprechen?«, fragte Simonović.

»Zehn bis zwanzig Wörter«, sagte der Aussteller. »Wollen Sie ihn verkaufen?«

»Welche zwanzig Wörter denn?«, fragte Simonović hartnäckig weiter.

»Hm, solche, die er von Menschen gehört hat. Sie erwarten doch wohl nicht, dass der Vogel sie selbst erfindet. Ich habe einen Papagei, der flucht wie ein Kutscher ... Aber wohin so eilig, mein Freund? Wenn Sie ihn nicht verkaufen wollen, können wir vielleicht ein Tauschgeschäft machen. Hier, ich gebe Ihnen dafür ein Pärchen von diesen mit den gelben Schnäbeln ...«

KINDER SAMMELTEN DIE LEEREN HÜLSEN AUF

DER GEWUNDENE ZUFAHRTSWEG

»Nein, ich habe Ibrahim und seine Familie nicht verjagt! Die sind von selbst gegangen! Übrigens, warum versteckte die Frau das? Ich kann es ja schließlich auch allen zeigen!« Krle knöpfte sein Hemd auf und gewährte der ganzen Welt den Anblick der Ornamente auf seiner Haut.

Auf Krles Hals, Brust und Oberarmen befanden sich, kleingepunktet, verblichen und nach keinem bestimmten Prinzip angeordnet, Mädchennamen, das Yin-und-Yang-Symbol, ein zwei Spannen großes Kreuz, eine Nixe auf einem Felsen, der heilige Nikolaus, die Zeichen X und O des Spiels Tic Tac Toe, ein undefinierbarer Fleck, das überholte Staatswappen mit dem roten Stern, die Einheit, der Ort und die Eckdaten seines Militärdienstes, ein von einem Pfeil durchbohrtes Herz, beliebte Comichelden, ein geflügeltes Ungeheuer …

Passend zu seinem schaurigen Spitznamen drohte Krle der Abrichter, wo er nur konnte, mit dem »Verspritzen von Blut«. Später sah er ein, dass dies nichts Besonderes und vor allem nichts Einträgliches war. Um seinen Ideen nicht ganz untreu zu werden, widmete er sich verwandten Tätigkeiten. Er gründete einen Betrieb zum Zuschneiden von Bauholz und fällte erbarmungslos die gesündesten Bäume, zunächst in den umliegenden Bergen, später überall, wo er die Genehmigung dazu bekam. Lastwagen rückten an und ramponierten die ohnehin schlechten Straßen. Sie transportierten die noch feuchten hundertjährigen Stämme ab. Meist ins Ausland.

Krle der Abrichter wurde reich. Ins Kino ging er nicht mehr. Dazu fehlte ihm der Mut. Dafür hatte er sich in seiner gut gesicherten Villa, einer regelrechten Festung auf einem Hügel außerhalb der Stadt, einen eigenen Kinosaal eingerichtet mit zehn wildlederbezogenen Sesseln und einem ultramodernen riesengroßen Plasmabildschirm. Aber da saß er mutterseelenallein. Er hatte nicht einen einzigen Freund, mit dem er sich getraut hätte, längere Zeit im Dunkeln zu verweilen. Anstatt sich Filme anzuschauen, verfolgte er angespannt, was die Sicherheitskameras aufnahmen. Etwa fünfzig solcher Kameras waren in allen Räumen, um das Haus herum, auf der hohen Hofmauer, vor dem Eingang und anderswo angebracht. Mit der Fernbedienung in der Hand betrachtete Krle immer wieder seine Zimmer voller Stilmöbel, seine königlich breiten Betten oder die handgeknüpften Teppiche, die bunten bleiverglasten Fenster oder die Kamine aus Marmor, die Ess- und Billardtische, die Porzellangriffe an den Wasserhähnen in den Badezimmern oder die vergoldeten Klinken an den Türen aus massivem Mahagoni. Immer wieder bewunderte er seinen tadellos gepflegten englischen Rasen und das leere Schwimmbecken, das ein Mosaik mit antiken Motiven schmückte. Ganz besonders eifrig beobachtete er immer wieder den gewundenen Zufahrtsweg. Er zuckte zusammen, selbst wenn sich jemand nur rein zufällig seiner Villa näherte – ein Pilze sammelnder

Ausflügler oder eine alte Frau auf der Suche nach Brennnesseln oder Sauerampfer.

Eines Nachts, als er gerade aus seinem gepanzerten Jeep ausstieg, brachte man ihn brutal mit einer Motorsäge der Marke *Stihl* um. Die Leute vermuteten hinter dieser Tat mal dieses, mal jenes, die Wahrheit aber war, dass Krle sich an Wäldern vergriffen hatte, die einem anderen örtlichen Abrichter gehörten.

EINE VARIANTE DES PAWLOWSCHEN REFLEXES

»Nomen atque omen!«, erklärte dazu der Rechtsanwalt Lazar Lj. Momirovac.

Er hatte Krle öfter vor Gericht verteidigt. Und jetzt verteidigte er auch diesen anderen, der beschuldigt wurde, Krle getötet zu haben. Momirovac war immer noch düsterer Stimmung, wahrscheinlich weil er in den neunziger Jahren während der Kriegshandlungen im ehemaligen Jugoslawien deutlicher denn je begriffen hatte, wie weit es die Menschen treiben und wie leicht sie auf Irrwege geraten können.

Das mag entscheidend dazu beigetragen haben, dass Momirovac in den Ruhestand trat. Diese Entscheidung traf er ganz überraschend an einem Morgen. Er ging in seine Kanzlei und kam volle drei Monate nicht mehr heraus. In dieser Zeit verfasste er den Antrag auf Streichung aus dem Anwaltsregister und Hunderte von Briefen an seine bisherigen Klienten, an jeden, den er seit Beginn seiner Laufbahn vertreten hatte. In jedem dieser per Einschreiben verschickten Briefe führte er bis in alle Einzelheiten aus, wie entsetzt er über die Taten seines jeweiligen Mandanten sei, und versicherte, es zu bereuen, dass er ihn überhaupt verteidigt habe. Nach Beendigung dieser umfangreichen Korrespondenz kündigte er das Abonnement des ›Amtsblatts‹ und warf dann seine Schreibmaschine mit sichtlichem Vergnügen in den erstbesten Müllcontainer. Das Klingelzeichen, das das Zeilenende ankündigt, erklang zum letzten Mal. Zum Schluss nahm Momirovac sein Rechtsanwaltsdiplom von der Wand. Auf dem Weg zur Post schaute er in der Anzeigenabteilung der ›Ibar-Nachrichten‹ vorbei und bot dort sein Anwaltsbüro weit unter Wert zum Verkauf an. Im Schalterraum der Post gab er Oto ein großzügiges Trinkgeld, damit dieser ihm sein Diplom so schön wie möglich einpackte, das er dann ohne die Möglichkeit einer Rückantwort an das Sekretariat der Juristischen Fakultät, Bulevar revolucije 67, 11 000 Belgrad, schickte.

Übrigens blieb Lazar Lj. Momirovac seinen lateinischen Zitaten treu (Albin Vilhar, herausgegeben von der Matica Srpska, Reihe »Nutzen und Vergnügen«). Jetzt aber verwendete er sie bissig gegen die Rechten, auf deren Seite er bis gestern noch gestanden hatte. Aus »diesem Tschetnik« war über Nacht »dieser Kommunist« geworden. Da er sich über den Genossen Avramović lustig machte, der dank seiner Variante des pawlowschen Reflexes, nämlich dem Heben der Hand zur Abstimmung, die Karriereleiter hinaufstieg, wurde Lazar Lj. Momirovac wieder zum Objekt ständiger Beobachtung durch den Geheimdienst.

Zu seinem ersten Verhör auf einem Polizeirevier kam es, weil er in einer Gaststätte bei Schorle und Kutteln gesagt hatte:

»Der Avramović? Der ist wie die russische Puppe in der Puppe. Kaum denkst du, das sei alles gewesen, mehr Menschen könnten in einer Person keinen Platz finden, schwupps, entdeckst du in ihm eine noch kleinere menschenähnliche Variante! Es ist schon möglich, dass jetzt vieles anders geworden ist, aber im Hinblick auf den Charakter der Menschen hat sich nichts geändert.«

TEUFELSAUSTREIBUNG

Doch es stimmt nicht ganz, dass sich nichts geändert hatte. Die magere Elodija Nutzlos gab schließlich nach und gestattete dem dicken Njegomir, ihr den Hof zu machen. Die Absolventin der Musikakademie, Abteilung Sologesang, die wie eine grandios begonnene, aber nie vollendete Komposition anmutete, sagte an einem romantischen Abend zu diesem abgehalfterten Rockmusiker, jetzt notgedrungen nur noch Trommler bei Hochzeiten und Abschiedsfeiern für Wehrpflichtige, schlicht und einfach:

»Trommeln Sie feste auf mir! So fest Sie können!«

Und Njegomir führte auf Elodija seinen gewaltigsten Rhythmus vor, so wie sie in ihrem einsamen Dasein noch keinen erlebt hatte. Er nahm alles zu Hilfe, was ihm zur Verfügung stand: Stöcke von verschiedener Länge, den kitzelnden Metallbesen und schließlich den mit Filz überzogenen Basstrommelschlegel. Es stellte sich jedoch heraus, dass er die beste Wirkung auf die althergebrachte Weise erzielte: durch die unmittelbare Berührung mit bloßen Handflächen.

Die Veränderungen vollzogen sich nur sehr langsam. Zunächst verlor Elodija dank Njegomirs gewaltigem und schwindelerregendem Rhythmus ihre ewige Zwerchfellverkrampfung. Ihre Stimme wurde frei, und sie schmetterte plötzlich aus vollem Hals. Jede Zellmembran in ihr vibrierte. Dann benahm sie sich nicht mehr wie eine Wachtel. Überallhin, vor allem in Njegomirs Bett, kam sie mindestens zehn Minuten früher und verließ es mindestens zehn Minuten später als erwartet. Zuletzt stellte sie beim Standesamt einen Antrag auf Namensänderung. Sie verzichtete auf die Endung »los« und wurde so zu Elodija Nutz.

Aber selbst mit neuem Namen war sie für Njegomir nicht weniger rätselhaft. Er »trommelte« und »trommelte« und wunderte sich jedes Mal darüber, was für wilde Rhythmen er aus ihr herausholen konnte.

»Strukutu-strukutu-kss … tutula-tutula-pss … bapa-bas … Patsch!« Njegomir änderte jeden Abend seine »Schlagweise«.

Mal berührte er Elodijas straffe Haut kaum, mal betastete er sie eifrig und rau, mal entlockte er ihr dumpfe triumphierende Seufzer, mal kombinierte er alles, was er konnte, und schuf etwas zwischen einer heißen Rocknummer, einer Jazzimprovisation und einem uralten Lockruf.

DER WERT EINER POSTSENDUNG

»Alle denken, Oto doof, aber Oto lacht nur, lacht …«

Das war allen bekannt. Jahrelang hatte Oto Angst und hielt die Hände vor seine Augen. Zwischendurch packte er Pakete. Selbst in den härtesten Zeiten wollte er nichts dafür haben. Es gab immer mehr Teilungen und Trennungen, sogar die Staaten fielen auseinander, jeden Tag fand sich eine Stadt auf der einen oder auf der anderen Seite einer neuen Grenze wieder, das Porto wurde dementsprechend teurer … Nur Oto kümmerte sich nicht um die von der »Neuen Verordnung zum zwischenstaatlichen Postverkehr« vorgeschriebenen Preise. Er sagte:

»Alle denken, Oto doof, aber Oto lacht nur, lacht … Auch wenn das jetzt ein anderer Staat ist, zwischen den Menschen ist doch alles gleich geblieben.«

Er wollte auch kein Geld dafür nehmen, dass er für andere immer häufiger Schlange stand. Vor allem für Frauen mit Kindern und für Rentner tat er es umsonst. Er pflegte dazu zu sagen:

»Alle denken, Oto doof, aber Oto lacht nur, lacht … Oto braucht kein Geld, fürs Kino hat er genug, alles andere ist schon geregelt.«

Auch von den Menschen, deren Scheine für die Teilnahme an einem Preisausschreiben er zur Post brachte, verlangte er nichts. Er war auch nicht neidisch, wenn einer von ihnen den Hauptgewinn, etwa ein sündhaft teures Auto, bekam. Auch war er nicht gekränkt, wenn der sich mit keinem Wort bei ihm bedankte. Er sagte:

»Alle denken, Oto doof, aber Oto lacht nur, lacht … Ich komme auch zu Fuß überall rechtzeitig hin.«

Es stellte sich heraus, dass Oto auf seinem Postsparbuch sehr viel Geld hinterlassen hatte. Genauer gesagt, gerade genug. Denn die Inflation hatte fast alles aufgezehrt. Am Ende waren die Banderolen um die Geldbündel mehr wert als die Hunderter, die Tausender, die Millionen, ja die Milliarden auf den neu gedruckten Scheinen. Als man den Kurs errechnete und die

Nullen strich, blieb gerade so viel übrig, um Oto gemäß seinem Letzten Willen einäschern zu lassen, die bescheidenste Urne zu besorgen, sie zu verpacken, eine Schnur ums Paket zu binden, es mit einem Tropfen roten Wachses zu versiegeln und per Einschreiben in ein fernes Land zu schicken.

Diejenigen, die die Adresse des Empfängers auf das letzte Paket Otos schrieben und in die Rubrik »Wert der Sendung«, um die Kosten niedrig zu halten, »1 Dinar« eintrugen, behaupten, dass die Tršutka die Testamentsvollstreckerin war. Aber darüber später mehr. Erst will ich berichten, was ich über die drei Schüler weiß, die früher in der vierzehnten Reihe saßen.

EINE GEDENKTAFEL MIT NAMEN

Ich zitiere nur den Bruchteil einer sehr langen Liste: Petronijević … Resavac … Stanimirović …

Jeder von ihnen hatte sich davor gedrückt, in seiner Schule dieselbe todlangweilige Geschichtslektion zu lernen. In der Landwirtschaftsakademie. In der Technischen Schule. Im Gymnasium. Sie kannten sich nicht einmal richtig. Vielleicht hatten sie einmal in dieser Reihenfolge nebeneinander im *Sutjeska* gesessen. Fest steht nur, dass die Geschichte sie für immer auf einer Gedenktafel mit den Namen der in den Kriegen der neunziger Jahre Gefallenen vereint hat:

– Petronijević (jener, der behauptet hatte, alles zu wissen und nichts lernen zu müssen) fiel als Reservist in Kroatien. Er war der Einberufung gefolgt, denn er konnte sich nicht einfach so über den Eid hinwegsetzen, den er der Jugoslawischen Volksarmee geleistet hatte, und verblutete auf einem slawonischen Acker, tödlich verletzt durch eine Tretmine, die dort auf ihn »gewartet hatte«;

– Resavac (jener, der beteuert hatte, Zeit zu haben und später lernen zu wollen) kam als Freiwilliger in Bosnien um, man weiß weder wo, noch wie, und vermutlich auch nicht, warum. Seine Leiche wurde nie gefunden, und die Idee, der er sich verpflichtet gefühlt hatte, wurde nach und nach auf den Kopf gestellt;

– Stanimirović (jener, der gehofft hatte, die langsame Geschichtslehrerin würde es am nächsten Tag nicht schaffen, ihn aufzurufen) wurde während eines Verwandtenbesuchs in Niš auf der Straße von den Splittern einer NATO-Streubombe tödlich getroffen. Solche Bomben wurden innerhalb der Grenzen zulässiger Kollateralschäden von nur einigen Hundert Leben, wohlgemerkt Menschenleben, abgeworfen.

EINE VILLA MIT ZWANZIG ZIMMERN

Die Tršutka. Wie gesagt, ich nenne sie nur mit ihrem Spitznamen, denn sie änderte sowohl ihren Vor- als auch ihren Familiennamen, als sie sich ins Ausland absetzte. Mit Omas kleinem Hut, den langen Samthandschuhen, der Hämatitkette und mit Jeans aus heimischer Produktion. Kurz vor Kriegsausbruch. Zuerst hörte man nichts von ihr, dann aber erschien ihr Bild auf der Titelseite einer der glamourösesten Illustrierten der Welt. Die Tršutka sah man dort umgeben von wunderhübschen, einander ähnlichen Mädchen, die sich nur durch die extravaganten Modelle ihrer Kleider voneinander unterschieden. Und die hatte niemand anders entworfen als die Tršutka persönlich. So stand es in der Illustrierten, in einem Artikel, der von einem Dutzend Farbfotos begleitet und mit »BALCAN DREAMS BY TRSHUTKA« betitelt war.

Dank dem Hang, Nichtpassendes miteinander zu kombinieren, wurde Tršutka schnell zu einem Namen, der von internationalen Modeschauen nicht mehr wegzudenken war. Gut unterrichtete Personen behaupten, sie sei so reich geworden, dass sie sich fast alles leisten könne. Dennoch lebte sie nie in einer Wohnung, die mehr als fünfundzwanzig Quadratmeter hatte. Allerdings besaß sie etwa zwanzig solcher Appartements. In den exotischsten Teilen der Welt, in den aufregendsten Städten, in den schönsten Stadtvierteln. Ihre Appartements (praktisch nur ein kleines Zimmer, Bad und ein schöner Blick) waren über die ganze Welt verstreut, meist dort, wo sie geschäftlich hinflog und nie länger als zehn Tage blieb, sodass sie einfach von einer Wohnung zur anderen wechselte, als seien sie nur durch eine Tür voneinander getrennt. Manchmal hatte sie in einer Woche sieben verschiedene Ausblicke: auf den New Yorker Central Park, auf den Vulkan mit dem Namen Schlafende Frau über Mexiko-Stadt, auf die Fassaden florentinischer Paläste in der Farbe reifer Granatäpfel, auf Boote mit windgeblähten Segeln auf dem glitzernden Genfer See, auf den Trocadero, die Seine, den Eiffelturm und das Marsfeld, auf den brodelnden Souk im Zentrum von Marrakesch, auf den azurblauen Himmel und den goldfarbenen Sand einer Lagune im indonesischen Archipel, die noch nicht Eingang in die Kataloge der Reiseagenturen gefunden hatte.

An die Tršutka wandten sich alle ihre ehemaligen Verehrer, und das waren nicht wenige, und baten sie um Hilfe bei Ausreiseformalitäten. Keinem hat sie je geantwortet. Jedem von ihnen schickte ihr Sekretär ein ordentlich beglaubigtes Garantieschreiben, unerlässlich für die Erlangung eines Visums, sowie einen Scheck über einen Betrag, der ausreichte für das Flugticket und die ersten paar Monate, bis der Betreffende sich in der Fremde zurechtgefunden hatte. Selbst hat sie nie ein Wort dazu geschrieben. Eines Tages landete hier mit einem großen Hubschrauber eine Clique: Tršutkas Sekretär, ein berühmter Rheuma-Spezialist, zwei Krankenschwestern und vier farbige Leibwächter, um ihre Oma mitzunehmen. Und wieder behaupten gut unterrichtete Leute, die Oma verbringe jetzt bestens versorgt und gepflegt ihren Lebensabend am Strand eines wunderschönen Urlaubsorts auf einer Strohliege im Schatten ihres kleinen Huts – Filz feinster Qualität, weinrotes Ripsband, solide Vorkriegsware, Salon *Pariser Filiale*.

Die Tršutka hat sich übrigens, so wie Oto sie in seinem Letzten Willen gebeten hatte, rührend um seine sterblichen Überreste bemüht. Otos Asche überließ sie den Meereswellen. Wo genau? Das ist nicht wichtig. Denn Oto, der nie irgendwohin gereist war, ist nun, von der Strömung getragen, schon in die entlegensten Gegenden der Welt gelangt.

Wohl überzeugt, dass es sich so gehöre und dass, wenn sie schon eine ernste Beziehung zu einem Angehörigen der jugoslawischen Volksarmee unterhielt, sogar das Oberkommando dies von ihr erwarte, trug sich die Ćirić nach Titos plötzlichem Tod als Erste in der Stadt in das ausgelegte Kondolenzbuch ein. Sie kritzelte feierlich etwas schrecklich Pathetisches hinein. Etwas wie: »Nein, man frage mich nicht, wozu soll ich leben, wenn es Dich nicht mehr gibt!« Dabei hatte sie nur eins im Sinn: das Leben in vollen Zügen zu genießen.

Uskoković war Marineoffizier geworden. Er hatte es auf regulärem Wege bis zum Fregattenleutnant gebracht. Seinen Dienst leistete er, wie erwartet, an Bord. Und die Fregatte verließ, wie erwartet, nie den Hafen, weil es unter Deck immer irgendwelche Probleme gab. Nach den Bildern von seiner Hochzeit mit der Ćirić zu urteilen, war er jetzt noch schöner. Stockgerade, sonnengebräunt, in weißer Uniform mit vorschriftsmäßiger Mütze (darauf gestickt ein Anker in einem Nest aus Lorbeerblättern und Olivenzweigen) und weißen Handschuhen ... Diese festlichen Handschuhe legte er nicht einmal in der Hochzeitsnacht ab und auch nicht bei sonstigen »Schäferstündchen« mit der Ćirić. So mochten sie es beide. Alles sollte perfekt sein.

Als dann der Krieg ausbrach, war Uskoković einer der Ersten, die desertierten. Er zog seine »Mannequinuniform« aus und machte sich in einem bescheidenen Zivilanzug aus dem Staub. Mitgenommen hat er nur seinen Führerschein der Klasse B, für immer zurückgelassen die vor Anker liegende Fregatte und die

Ćirić. Eine Weile war die Ćirić verzweifelt, sie fühlte sich ähnlich wie die inzwischen versenkte Fregatte (die, verlassen und ohne Schutz, tatsächlich in einer tapferen Aktion der gegnerischen Seite außer Gefecht gesetzt worden war).

»Ich Arme, was soll jetzt bloß aus mir werden, es ist, als dringe Wasser in meinen Maschinenraum ein!«, beklagte sie sich einmal bei einer Freundin, die ebenfalls mit einem Marineangehörigen verheiratet war.

Dann aber tröstete sie sich mit Männern, die berufsmäßig weiße Kleidung trugen. Zuerst waren das Apotheker, Zahnärzte, Tierärzte … Später war sie weniger wählerisch. Der Letzte in dieser Reihe war ein Metzger. Er trug eine weiße Mütze und eine weiße Schürze, wenn auch nicht von tadellosem Weiß. (Soll mal einer versuchen, zehn Schweine am Tag zu zerteilen, ohne mit Blut bespritzt zu werden.) Der Metzger prügelte die Ćirić jeden Tag und gab ihr nur in einem nach: Wenn sie miteinander schliefen, musste er seine Berufskluft auf der nackten Haut tragen. Um ehrlich zu sein, mit seiner Schürze sah er dabei recht lächerlich aus, aber im Rausch der Leidenschaft fiel das kaum auf.

LICHT UND DÜSTERNIS

Es würde mich nicht wundern, wenn Čekanjac diese intimsten Details aus dem Leben der Ćirić gewusst und sie sogar verbreitet hätte. Nachdem das *Sutjeska* und vorübergehend auch das *Ibar* geschlossen worden waren, wusste Čekanjac nicht mehr, wo er junge Leute bei ihrer Turtelei beobachten sollte. Genauer gesagt, er wusste es schon, aber das war nicht ungefährlich. Einmal fiel er von einem Baum, dessen Krone bis zur dritten Etage eines Wohnhauses reichte. Doch schon nach den ersten Küssen war das Licht ausgegangen, sodass er sich ganz umsonst drei Rippen brach. Ein anderes Mal ertrank er fast bei dem Versuch, über den Ibar jenen zu entkommen, an denen er sich zuvor im städtischen Strandbad »ergötzt« hatte. Ein drittes Mal linste er im Schwimmbad durch ein Loch, das er mit dem kleinen Finger auf der Seite »Innenpolitik« in die Zeitung gebohrt hatte, bekam seinen Spaß, riskierte aber, deswegen mit der Polizei aneinanderzugeraten. Das vierte Mal surfte er im Internet und fing sich einen Virus ein. Für die lausigen zehn Minuten, in denen er Fotos nackter Schönheiten betrachtet hatte, musste er so viel für die Telefonrechnung berappen wie für zehn Tage All-inclusive-Urlaub auf Tahiti.

Čekanjac sah Licht am Horizont, als die Schülerinnen begannen, sich so auffällig zu kleiden wie die Frauen im Park nahe dem Bahnhof und die Frauen im Park nahe dem Bahnhof so keusch wie die Schülerinnen. Da sah er Licht am Horizont, doch als er erkannte, dass dies auch alle anderen sehen konnten, auf der Straße, in Gartencafés, in den Geschäften oder im Fernsehen, umfing ihn wieder Düsternis. Er versuchte, wie alle anderen weniger zu gucken und mehr sich selbst zur Schau zu stellen, aber das lag ihm nicht und ließ ihn nur noch stärker leiden. Deshalb wandte er sich wieder den harmlosen Leidenschaften seiner Jugend zu, wie Deckel von den Töpfen zu heben, in fremde Briefe oder Brieftaschen zu lugen, höflich Bleistifte aufzuheben, die Damen heruntergefallen waren, viele Fragen zu stellen …

Um eventuelle Missverständnisse zu vermeiden, sein »natürliches Bedürfnis« war wahrscheinlich nicht entscheidend dafür, dass Čekanjac eine Anstellung bei einer Nichtregierungsorganisation bekam, die sich mit der Erforschung der öffentlichen Meinung befasste. Dort fühlte er sich pudelwohl, und er stieg beruflich auf. Dennoch übernahm er gern auch ganz einfache Aufgaben. So wählte er aufs Geratewohl Telefonnummern und stellte Fragen:

»Guten Abend, gnädige Frau, hätten Sie fünf Minuten Zeit? Wir führen eine Umfrage durch und möchten gern Ihre Meinung erfahren. Ja, die Umfrage ist anonym, aber die Meinung der Bürger ist für uns sehr wichtig … Können wir gleich damit beginnen? Ihr Mann ist nicht zu Hause? Es wäre nicht gut, wenn jemand Ihre Meinung beeinflussen würde. Wie geht es Ihnen? Darf ich erfahren, was Sie anhaben? Nein, das gehört nicht zum Fragebogen, es soll Ihnen lediglich helfen, lockerer zu werden … Dieses Gespräch sollte eigentlich mehr ein Plausch werden … Einen Morgenmantel, sagten Sie? Von welcher Farbe? Tatsächlich … Wenn ich das persönlich anmerken darf, auch mir gefällt diese Farbkombination …«

WER STÜTZT HIER WEN

Fasan und Christina heirateten. Sie waren immer noch wie Erde und Himmel, man wusste nicht, wer hier wen stützte, sie existierten einfach. Und bekamen viele Kinder …

Gibt es eine Geschichte, die kürzer, aber auch länger und zugleich schöner ist?

Caca die Hauptmännin kündigte dem »Zivilisten im Dienste der Jugoslawischen Volksarmee«, das heißt Džidžan.

»Gehen Sie! Während ich hier arbeite, stolzieren Sie nur herum!«, sagte sie zu ihm mit Tränen in den Augen im Stil der großen Filmdiven, wandte sich von ihm ab und schaute durch die schmutzige Fensterscheibe hinaus.

Wie so viele, die ohne Arbeit blieben, endete Džidžan auf dem Markt. Als kleiner Händler bot er chinesische Kreide und ähnliche Käfertöter feil. Er ist noch immer dort zu finden, elegant gekleidet preist er lauthals seine Ware an und schwenkt die Arme, als dirigiere er ein Philharmonieorchester.

Caca die Hauptmännin stellte mehrere Anträge. Zunächst an die örtliche Garnison, dann an das Kommando des für sie zuständigen Heeresbereichs und am Ende sogar an den Generalstab. Minutiös führte sie darin alle Vor- und Familiennamen, die Tage und die für die »Unterstützung« der Truppe aufgewendete Zeit auf. Sie beschrieb alle »Stellungen«, die sie eingenommen hatte, wobei sie lobende Worte zitierte und sogar vernommene Seufzer erwähnte. Alles in allem eine beeindruckende, eines Romans würdige Karriere: an die viertausend Fälle. Mit hervorragenden Zeugnissen … Deshalb forderte sie, man solle ihren Dienstgrad und die entsprechenden Dienstjahre offiziell anerkennen. Doch die elenden »Bürohengste« antworteten ihr nie, sie hielten sie nicht einmal eines ablehnenden Bescheids für würdig. Als sie schwer und unheilbar erkrankte (unberufen toi, toi, toi!), machte Caca die Hauptmännin einen letzten Vorstoß: In ihrer Verzweiflung bat sie, man möge sie wenigstens mit militärischen Ehren beerdigen. Die »Etappenschweine« zeigten sich auch auf diesem Ohr taub.

Von der armen Seele konnte man eher sagen, sie habe ihre Ruhe gefunden, als dass sie gestorben sei. Nur ein verrückter Oberst, von dem man erzählt, dass er als Hauptmann der Gipfel ihrer Karriere war, führte eine Ehrengarde zum Friedhof. Auf die Gefahr hin, degradiert zu werden.

»Stillgestanden!«

»Zielt in die Luft!«

»Ehrensalut, Feuer!«

»Feuer!«

»Feuer!«

»Stillgestanden!«

»Gewehr ab!«

Alle drei Salven waren perfekt abgefeuert. Wie drei Schüsse. Mitten in den Himmel. Davon muss selbst der Herrgott zusammengezuckt sein.

Die leeren Hülsen sammelten die Kinder aus einer nahe gelegenen Roma-Siedlung auf.

WENN IN SELTENEN AUGENBLICKEN ALLES STILL IST

AUF KLEINSTEM RAUM DIE GRÖSSTE UNORDNUNG

Im Wohnwagen war es unerträglich warm. Es roch süßlich nach Babypuder, nach menschlichem Schweiß und nach von verängstigten Tieren bepisstem Sägemehl. Auf kleinstem Raum herrschte die größte Unordnung – da lagen Requisiten herum, übereinandergeworfene Kostüme, Wattebäusche zum Abschminken, halb leere Bierflaschen …

Der Zirkusdirektor machte einen müden Eindruck. Er verschaffte sich Kühlung mit einem Handventilator. Ganz leger saß er auf einem leinenbespannten Stuhl, hatte nur dicke, schwarze Kniestrümpfe und gestreifte Unterwäsche an, um den Hals ein nasses blaues Handtuch und auf dem Gesicht Spuren von rotem Konturenstift. Er gehörte zu den Männern, die sich den Kopf rasieren, um die Glatze zu kaschieren, hatte eine käseweiße Haut, war in dem Alter, in dem die Muskeln schlaff werden und kleine Muttermale zu Brombeergröße anwachsen, und nach seinen Strümpfen zu urteilen auch in dem Alter, in dem man immer eiskalte Füße hat. Den summenden, batteriebetriebenen Ventilator hielt er mal an das eine, mal an das andere Ohr, hob den linken Arm, um die kühle Luft unter die Achsel zu lenken, richtete danach den kleinen Propeller schamlos auf die Stelle zwischen den Beinen. Endlich war er bereit zu reden. Und wie alle Menschen, die öffentliche Auftritte gewöhnt sind, gestikulierte er übertrieben und machte ständig Pausen, als erwarte er Beifall:

»Entschuldigung, normalerweise empfange ich Besucher nicht in diesem Aufzug, aber heute Abend gehe ich ein vor Hitze …«

»Das stört mich nicht«, sagte Simonović, der in diesem Durcheinander nicht wusste, wohin er sich setzen sollte.

»Sechs verschiedene Rollen … verstehen Sie, sechs Rollen …«, fuhr der müde Mann fort. »Hätte ich nur die Kostüme gewechselt, wäre allein das schon zu viel gewesen.«

Simonović wunderte sich. Er hatte die Abendvorstellung aufmerksam verfolgt, ihm war aber nicht aufgefallen, dass der Direktor in sechs verschiedenen Rollen aufgetreten war. Er hätte schwören können, dass es nur vier waren. So oft hatte er ihn an Gesicht oder Statur erkannt, gleich wie bombastisch man ihn als den einen oder anderen internationalen Artisten angekündigt hatte, gleich wie verschieden seine Kostüme, die Perücken oder die Schminke waren, mal ein falscher Schnäuzer, mal ein schlecht angeklebter Vollbart. Als den traurigen Clown mit Sommersprossen im Gesicht und einer roten Nase. Als den konzentrierten Jongleur mit Bällen und Keulen in einem einteiligen, viel zu engen Kostüm. Als den geheimnisvollen Zauberer mit einer schwarzen Pelerine und einem Zylinder. Als den protzigen Kraftmenschen in einem Kostüm mit Fransen … Simonović fragte sich, was ihm da wohl entgangen war. Aber wenn er richtig überlegte, der Direktor war auch als unerschrockener Dompteur aufgetreten. Ja, natürlich, das war er. Aber die sechste Rolle konnte er nicht erraten.

»Schlechte Zeiten …«, sagte der müde Mann und kühlte sich weiter mit dem Handventilator. »Leute verlassen uns, und ich muss ihren Part übernehmen … Clown, Jongleur, Zauberer, Kraftmensch, Dompteur … Und heute Morgen sagt mir auch noch der Trapezkünstler: ›Ich pfeife auf alles und gehe, ich habe keine Lust, mir für nichts und wieder nichts den Hals zu brechen!‹ So sagte er es mir, mit diesen Worten. Und nicht nur das, er nahm auch unser schönstes Mädchen mit, das in der Messerwerfernummer auftrat. Soll ich jetzt etwa auch noch ihre Rolle übernehmen? Das ist wirklich zu viel, ich kann nicht mehr …«

Richtig. Das war auch er gewesen. Der Trapezkünstler. Der Direktor war auch als Trapezkünstler aufgetreten, ohne allerdings seine groß angekündigte Nummer zu Ende zu führen. Unendlich langsam kletterte er auf die Konstruktion an der höchsten Stelle des Zeltes, begleitet von dramatischer Musik, einem Trommelfeuer von einem endlosen Tonband. Dort sollte er einen halsbrecherischen Seiltanz ausführen, gab es jedoch im letzten Moment auf. Dennoch hatte er Beifall bekommen, als hätte er alles wie angekündigt ausgeführt.

»Ich bin am Ende«, klagte der müde Mann. »Ich weiß nicht einmal mehr, wie ich heiße … Sie haben gesehen, die Besucherzahlen bewegen sich an der Grenze der Wirtschaftlichkeit. Nur die Süßigkeiten gehen gut, aber ein Zirkus kann doch nicht von Zuckerwatte leben …«

Simonović schwieg. Der Direktor zählte auf:

»Da ist die Miete für den Platz. Da sind die Rechnungen … Die Scheinwerfer verbrauchen eine Menge Strom, schwupps,

schwupps, schlucken sie die Kilowatts wie nichts. Hinzu kommen regelmäßige und ungeplante Flickarbeiten am Zelt, es genügt, dass uns ein Idiot mit der Zigarette ein Loch in die Zeltplane brennt. Und dann auch noch das Futter für die Tiere! Die fressen, als gäbe es morgen nichts mehr! Die Gehälter rechne ich schon gar nicht mit … denn wir zahlen keine …«

Der Zahl der Besucher war in der Tat nicht überwältigend. Die Zuckerwatte verkaufte sich gut, sowohl vor als auch nach der Vorstellung. Auch ältere Zuschauer standen Schlange, um sich mit den süßen, rosafarbenen Fäden zu beschmieren. Simonović konnte nicht wissen, was die Miete für den Platz auf der Wiese nahe dem Großmarkt von Kraljevo kostete, wo traditionsgemäß jeder Wanderzirkus seine Zelte aufschlug. Er konnte auch nicht wissen, wie viel Strom die Scheinwerfer verbrauchten. Und sie verbrauchten bestimmt nicht wenig, wenn sie so viel Licht spendeten. Das Zelt war in der Tat von Flicken übersät, doch es gab immer noch viele Löcher. Die Tiere waren offensichtlich nicht gut genährt. Die Kamele konnten sich kaum auf den Beinen halten. Die Pferde hatten eingefallene Flanken, ihre Mähnen waren ohne Glanz. Der Tiger hatte mehr Ohren als Zähne. Die Schlange war zwar dick und glänzte wie geölt, aber sie bewegte sich nicht, sodass man sich fragen musste, ob sie überhaupt noch lebte. Und der Affe, der sah so aus, als würde er für einen Würfel Zucker alles tun, was man von ihm verlangte …

»Gut«, sagte der Zirkusdirektor und schaltete den Handventilator ab. »Ich brauche einen Platzanweiser, ich kann nicht auch noch die Eintrittskarten abreißen. Sie könnten mir aber auch bei anderen Dingen helfen wie zum Beispiel beim Kleben der Plakate und Ähnlichem. Obwohl Sie nicht mehr der Jüngste sind, werden Sie doch noch Kraft genug haben, um ordentlich anzupacken. Man muss die Heringe einschlagen, das Zelt festzurren, das Sägemehl holen und streuen … Ich habe Ihnen bereits gesagt, dass wir im Augenblick kein Geld haben, um Gehälter zu zahlen, aber bei uns kriegen Sie zu essen. Und Sie können reisen … Von einer Stadt zur anderen. Von einer Republik zur anderen. Allerdings, das alleine reicht nicht. Beherrschen Sie irgendeine Kunstfertigkeit? Ich sehe, Sie schleppen eine Leiter mit sich herum …«

»Ich kann bis zu der neunten Sprosse steigen«, antwortete Simonović etwas verwirrt.

»Und?«, fragte der Direktor und rieb sich die Hände.

»Und nichts. Von dort oben betrachte ich die Welt.«

»Und wie wäre es, wenn Sie von dort oben einen Sprung, einen Salto, etwas Gefährliches vollführen würden … Die Leute mögen so etwas. Der Clown erheitert sie, den Zauberer bewundern sie … Aber das Publikum erwartet den Tod. Das erregt die Gemüter! Ich meine natürlich nicht, dass Sie sterben sollten. Es soll nur gefährlich aussehen, wir werden Sie schon sichern, da ist das Netz, da ist auch das fast unsichtbare Stahlseil … Seit Jahrzehnten bin ich in diesem Metier und hatte während der ganzen Zeit nicht mehr als fünf Todesfälle. Und die sind auch nur passiert, weil die Betreffenden sich wichtigmachten. Der Zirkus verträgt keine Hochmut. Ich meine, wenn Sie schon auf die Leiter steigen, warum sollten Sie dort oben nicht etwas Gefährliches vollführen …«

»Ja, aber …«

»Schade, ich sehe, Ihnen fehlt der Schneid … Und dieses Vögelchen in Ihrer Brusttasche, dieser Papagei … Kann er etwas, kann er sprechen?«

»Nein, nicht gerade …«, stieß Simonović hervor.

»Es tut mir leid, dann kann ich Sie nicht einstellen«, sagte der Zirkusdirektor. »Hier muss doch jeder eine Nummer übernehmen.«

Simonović war bedrückt. Er stand auf und wollte den Wohnwagen verlassen. Der Direktor wiederholte:

»Es tut mir leid …«

Das Vögelchen in der Brusttasche begann schnell zu zwinkern, reckte den Hals, sah abwechselnd zu Simonović und zum Direktor, als habe es verstanden, dass von ihm die Rede war, dass man auch über sein Schicksal diskutierte. Dann machte es eine Bewegung, befreite sich aus der Brusttasche, plusterte sich auf, legte im Flug die zwei, drei Meter zurück und landete auf des Direktors Schulter …

Simonović blieb stehen und hörte den Papagei hinter seinem Rücken mit fast menschlicher Stimme sagen:

»Demokratie, günstig zu haben!«

EINE TORTE MIT EINER KYRILLISCHEN AUFSCHRIFT

Simonović und sein Vogel schlossen sich diesem angeblich großartigen internationalen Zirkus an. Ich weiß nicht, ob Sie enttäuscht sein werden, wenn er in Ihre Stadt kommt und Sie dieselben Personen in mehreren Rollen erkennen. Ich weiß auch nicht, ob Sie enttäuscht sein werden, wenn Sie Simonovićs Nummer sehen, wenn Sie sehen, wie er auf die Leiter steigt, die am Hauptmast des Zeltes lehnt. Und wie er dort oben, auf der neunten Sprosse, ein aufrichtig fröhliches Gesicht macht, wenn er uns alle um sich herum entdeckt. Und wie der Papagei in seiner Brusttasche nur das Eine sagen will und vielleicht auch sagen kann:

»Demokratie, günstig zu haben!«

Einige schmunzeln darüber. Andere runzeln die Stirn und murren. Manche buhen sogar und verlangen ihr Geld zurück. Und manche, wie das in diesem Land üblich ist, müssen immer ihren Senf dazugeben, weil sie meinen, immer alles besser zu wissen.

Ich hingegen weiß nur, dass der Montage-Švabić endlich in Rente gegangen ist. Und dass er seitdem aufgelebt ist. Sein Langspielfilm, einer, wie ihn die Welt noch nie gesehen hatte und der über vierzehn Kilometer (exakt 14292 Meter) lang war, wurde nur ein einziges Mal gezeigt, es war genauer gesagt eine nachmittägliche Vorpremiere. Das war am Tag, als Švabić in Rente ging. An demselben Tag wurde das *Sutjeska* endgültig geschlossen. Dieser, in der letzten inoffiziellen Vorführung gezeigte Film bestand aus mehreren unterschiedlichen Teilen, die manchmal in keinem Zusammenhang zueinander standen, als handele es sich um Restefetzen, die nach einem merkwürdigen Prinzip zusammengefügt waren, das offensichtlich allein Švabić verstand. Sequenzen eines Kriegsfilms wechselten mit Sequenzen eines Westerns ab. Ein spannender Stummfilm verwandelte sich in ein pathetisches Musical. Tragödie mündete in Komödie. In Liebesszenen mischte sich leicht Pornographisches. Dann tauchten Bilder aus einem Puppenfilm für Kinder auf. Gleich danach Aufnahmen aus einer Wochenschau. Teile von Gruselfilmen wechselten mit Teilen von Dokus, in denen Naturschönheiten gepriesen wurden. Hier gab es alles: Thriller, Psychodrama, Historiendrama, Katastrophenfilm, Science-Fiction, Zeichentrickfilm, Abenteuerfilm … wie im wirklichen Leben. Auch einige Aufnahmen aus einem Film, an dessen Titel ich mich nicht mehr erinnern kann: Ein Eingeborener, rituell ganz weiß angemalt, gräbt ein Loch in die Erde und legt sich splitternackt darauf, um sie auf diese Weise fruchtbar zu machen.

Der stolze Autor hatte zu der Vorstellung seines Lebenswerks, der »vollständigen und endgültigen Version von acht Stunden Dauer«, nur seine engsten Freunde eingeladen. Die Kassiererin Slavica. Den Transporteur von allerlei sperrigem Zeug mit seinem Handwagen, den ewig müden Cale. Sowie zwei oder drei Köchinnen aus dem Selbstbedienungsrestaurant, das zum Komplex des Vorkriegshotels *Jugoslavija* gehörte. Festlich gekleidet und sichtlich bewegt, empfing und begrüßte Švabić jeden persönlich.

Die Kassiererin Slavica, welcher der Montage-Švabić in all den vorangegangenen Jahren bei ungezählten Tässchen Mokka vom Inhalt seines Films berichtet hatte, sagte kein Wort und verdrehte nur die Augen.

Cale reckte sich nach der achtstündigen Vorführung, zog seine Schuhe wieder an, die er zu Beginn ausgezogen hatte, und stellte fest:

»Das war genau die richtige Länge, endlich konnte ich mich einmal ordentlich ausruhen!«

Und die Köchinnen? Die braven Frauen, die mit ihren weißen Schürzen und den weißen Kopftüchern im Dunkel des Kinosaals wie Krankenschwestern aussahen, hatten mehrere Servierplatten mit allerlei Leckerbissen mitgebracht, weil sie irgendwo aufgeschnappt hatten, dass man das bei Premieren so macht. Sie waren bei Tagesanbruch aufgestanden und hatten den ganzen Vormittag daran gewerkelt. Das waren nicht die üblichen Blätterteigpastetchen, Miniwürstchen, papierdünne Käsescheiben, Cocktailtomaten und sonstiges Fingerfood.

»Hier ein kleiner Imbiss, etwas zur Stärkung nach all dem …«

Und jeder konnte nach Herzenslust wählen: feines Maisbrot, Käsepitta, Eisbein in Meerrettichsoße in einem Kranz aus Kartoffeln und Möhren, mit Hackfleisch gefüllte Zucchini, im Ofen gebackene weiße Bohnen, Salat aus gegrillten Paprikaschoten und Auberginen mit Knoblauch … Zu all dem dreifach gebrannter Schnaps in unterschiedlichen, handbemalten Gläsern.

Zuallerletzt servierten die braven Köchinnen eine Torte, auf der mit Sahne in kyrillischen Buchstaben »TXE EHД« geschrieben stand, und sagten:

»Schade, wir dachten, es würden mehr Leute da sein … Wenigstens der Platzanweiser Simonović hätte doch kommen können …«

Davor hatten sie während des ganzen Films geweint. Von der alten Decke des *Sutjeska*, von der von Meisterhand ausgeführten Stuckarbeit, die symbolisch das ganze Weltall darstellte, von der Sonne, dem Mond, den Planeten, den Sternbildern und Kometen rieselte währenddessen leise, kaum hörbar fast unsichtbares Gipspulver.

SCHLUSSWORT ODER WAS ICH SONST NOCH WEISS

Außerdem weiß ich genau, dass der Saal des *Sutjeska*, da er sich im Zentrum der Stadt befand, Anfang der neunziger Jahre unter dem Namen CITY-CENTER verpachtet wurde. Zunächst als Lagerraum. Danach als sogenannte Einkaufspassage, die sich als eine Ansammlung kleiner Billigläden entpuppte. Und schließlich, wie das bei uns wohl die Regel zu sein scheint, als Gaststätte. (Womit die Liste noch nicht erschöpft ist, man könnte dort auch eine Spielhölle oder ein Wettbüro oder eine Bank unterbringen.)

Ich weiß auch, dass jede neue Nutzungsart Veränderungen erforderte. Deshalb wurde der alte Saal des *Sutjeska* mehrmals umgebaut, und die Decke angeblich vorübergehend, in der Tat aber für immer, abgesenkt. Sie wurde mit einer modernen Beleuchtung versehen, mit Dutzenden von Einbaustrahlern, die oft durchbrannten, die man aber nicht ohne die Hilfe des dafür zuständigen Wartungsdienstes auswechseln durfte. Mit einem Wort, das Weltall wurde versteckt.

Es müsste jedoch noch dort sein, zwischen der stellenweise beschädigten Decke und den nahtlos eingepassten Gipsplatten. Die von Meisterhand ausgeführte Stuckarbeit ist nicht mehr zu sehen, aber sie ist bestimmt noch da.

Denn in den seltenen Augenblicken, wenn alles still ist, wenn all unser Erzählen verstummt, meint man dort oben ein Wispern zu hören, als zerbrösele etwas, als riesele etwas unaufhaltsam auf uns herab.